AF475962

LUCIEN

DE LA

MANIÈRE D'ÉCRIRE L'HISTOIRE

NOUVELLE ÉDITION

ACCOMPAGNÉE

D'UNE NOTICE SUR LUCIEN, D'UN COMMENTAIRE PHILOLOGIQUE
ET D'UNE TABLE DES NOMS PROPRES

PAR

JULES GUY

AGRÉGÉ DE L'UNIVERSITÉ, INSPECTEUR D'ACADÉMIE

PARIS

GARNIER FRÈRES, LIBRAIRES-ÉDITEURS

6, RUE DES SAINTS-PÈRES, 6

NOUVEAU DICTIONNAIRE DES RIMES précédé d'un traité complet de versification, par P.-M. Quitard, auteur du *Petit Dictionnaire d'histoire et de géographie*. 1 vol. grand in-32 jésus. . . . . 2 fr.

GRAMMAIRE DE LA LANGUE ANGLAISE, contenant : 1° Un traité de la prononciation avec un *syllabaire* et de nombreux exercices de lecture à l'usage des commençants; — 2° Un cours de thèmes complet; — 3° Idiotismes; — 4° Dialogues familiers; par MM. Clifton, auteur du Nouveau Dictionnaire anglais, et Mervoyer. 1 vol. grand in-18 jésus, cart. . . . . 2 fr.

GRAMMAIRE THÉORIQUE ET PRATIQUE DE LA LANGUE ALLEMANDE, par Ernest Grégoire, licencié en droit. 1 vol. grand in-18 jésus . . . . 3 fr.

GRAMMAIRE ALLEMANDE pratique et raisonnée, rédigée conformément aux derniers programmes officiels, *principalement à l'usage des commençants*, par M. Birmann, professeur d'allemand à l'École Turgot et à la Réunion des officiers. 1 vol. in-18. . . . . 1 fr. 50

GRAMMAIRE ITALIENNE, en 25 leçons, d'après Vergani, corrigée et complétée par C. Ferrari, ancien professeur à l'École normale et à l'Université de Turin. 1 vol. cartonné . . . . 2 fr.

GRAMMAIRE ESPAGNOLE-FRANÇAISE DE SOBRINO très-complète et très-détaillée, contenant toutes les notions nécessaires pour apprendre à parler et à écrire correctement l'espagnol. Nouvelle édition, refondue avec le plus grand soin par A. Galban, professeur. 1 vol. in-8. . . . . 4 fr.

NOUVELLE GRAMMAIRE ESPAGNOLE-FRANÇAISE, avec des thèmes, grand nombre d'exemples dans chaque leçon, mettant les élèves à même de parler et d'écrire l'espagnol, par *le même*. 1 vol. in-18 jésus . . . . 2 fr.

GRAMATICA DE LENGUA FRANCESA para los Españoles, por Chantreau, corrigée avec le plus grand soin par A. Galban, professeur des deux langues. 1 vol. in-8. 4 fr.

NUOVA GRAMATICA FRANCESE-ITALIANA di Lodovico Goudar, con nuove regole e spiegazioni interno alla moderna pronunzia, alla natura dei dittonchi francesi ed ai participii, ricavate dalle opere de' migliori grammatici. Nuova edizione correcta ed arrichita da Caccia, autore del nuovo Dizionario italiano-espagnuolo. 1 vol. in-18 jésus cart. . . . . 2 fr.

GRAMMAIRE PORTUGAISE remaniée et simplifiée par M. Paulino de Souza. 1 fort vol. grand in-18, cart. . . . . 6 fr.

La même, abrégée. 1 vol. in-18, cart. . . . . 2 fr. 50

GRAMMAIRE FRANÇAISE (*Cours supérieur*) avec des notions sur l'histoire de la langue et en particulier sur les variations de la syntaxe du XVI° au XVII° siècle, par M. Chassang, inspecteur général de l'instruction publique. In-12, cart. . 3 fr. 50

GRAMMAIRE FRANÇAISE (*Cours moyen*) avec des notions de grammaire historique à l'usage de la 6°, de la 5° et de la 4°, par *le même*. 2° édit. in-12, cart. . 1 fr. 50

GRAMMAIRE FRANÇAISE (*Cours élémentaire*) à l'usage des classes élémentaires et primaires. 5° édit., par M. Chassang. 1 vol. in-12, cart. . . . . 1 fr.

PETITE GRAMMAIRE FRANÇAISE de M. Chassang, contenant des exercices élémentaires et des questionnaires par M. Humbert. In-12, cart. . . . . 75 c.

GRAMMAIRE DE LA LANGUE D'OIL (français des XII° et XIII° siècles), par A. Bourguignon. 1 vol. in-18 jésus, broché. . . . . 2 fr.

EXERCICES DE LECTURE DES MANUSCRITS ALLEMANDS, comprenant : lettres familières et lettres des principaux auteurs, lettres commerciales, dépêches militaires, ordres du jour, etc., etc., par *le même*. In-8, broché. . . . . . 3 fr. 50

RECUEIL DE VERSIONS ALLEMANDES données aux examens du **BACCALAURÉAT ÈS LETTRES**, suivies de sujets donnés aux concours généraux et aux examens pour les écoles du Gouvernement, par *le même*. 1 vol. in-18 jésus, cart. . . . 1 fr.

Le même ouvrage, traduction par *le même*. 1 vol. in-18, broché. . . . . 1 fr.

RECUEIL DE LECTURES ALLEMANDES en prose et vers, notes historiques, littéraires et grammaticales, notice biographique sur les grands auteurs allemands, par M. Birmann et M. Dreyfus, professeurs d'allemand à l'École municipale. 1 vol. in-18. . . . . 2 fr.

22329. — Imp. A. Lahure, 9, rue de Fleurus, à Paris.

DE LA

MANIÈRE D'ÉCRIRE L'HISTOIRE

Paris. — Imp. E. Capiomont et V. Renault, rue des Poitevins, 6.

LUCIEN

DE LA

MANIÈRE D'ÉCRIRE L'HISTOIRE

NOUVELLE ÉDITION

ACCOMPAGNÉE

D'UNE NOTICE SUR LUCIEN, D'UN COMMENTAIRE PHILOLOGIQUE
ET D'UNE TABLE DES NOMS PROPRES

PAR

JULES GUY

AGRÉGÉ DE L'UNIVERSITÉ, INSPECTEUR D'ACADÉMIE

PARIS

GARNIER FRÈRES, LIBRAIRES-ÉDITEURS

6, RUE DES SAINTS-PÈRES, 6

1879

NOTICE SUR LUCIEN

I

Le Grec Lucien naquit à Samosate, à une époque mal déterminée, puisqu'on ignore aujourd'hui l'année de sa naissance et celle de sa mort. On a pu pourtant supposer, par quelques rapprochements, qu'il avait vécu à la même époque que les Antonins. Ses parents ne l'avaient pas destiné à la carrière des lettres, et l'avaient fait entrer dans l'atelier d'un de ses oncles, qui était sculpteur ; mais il brisa, dès la première leçon, la table de marbre qu'on lui donna à dégrossir. Son oncle, irrité, le chassa. Délivré de cette servitude, il put se livrer à ses études favorites, et, à l'âge de 40 ans, il se mit à enseigner la rhétorique. Il voyagea longtemps en Italie, en Gaule, dans l'Asie-Mineure, et finit par se fixer en Égypte, où Marc-Aurèle l'investit d'importantes fonctions officielles. Mais Lucien n'avait pas attendu la protection de l'empereur pour se faire connaître. Ses leçons et ses déclamations lui avaient valu une fortune considérable, et il avait conquis assez de gloire pour dire, dans le *Songe ou vie :* « Tel qui aura entendu mon songe voudra m'imiter en voyant en quel état je suis revenu vers vous, non moins illustre qu'aucun sculpteur, pour ne rien dire de plus. »

II

Sans avoir la profondeur de Socrate et de Platon, Lucien n'en est pas moins un grand moraliste et un grand philosophe. Sa plaisanterie est bien la véritable plaisanterie athénienne, démasquant les vices avec une impitoyable sévérité et allant toujours droit au but. Dans ses ouvrages comiques, Lucien procède directement d'Aristophane et soutient même, en quelques endroits, la comparaison. Il n'a peut-être pas un grand fonds d'idées originales, mais il sait toujours faire valoir ce qu'il dit, par l'agrément et la finesse de son style. Quelques-uns de ses écrits, les *Dialogues des morts*, par exemple, sont des morceaux achevés et dignes, comme le dit M. Alexis Pierron, de figurer au premier rang, après les œuvres incomparables du grand Platon.

Ce qu'il y a surtout de remarquable dans Lucien, c'est qu'il est le véritable représentant de son siècle, siècle sceptique en religion comme en philosophie. Dans tous ses ouvrages, Lucien ne parle des dieux que pour les tourner en ridicule, et il le fait avec un art infini. Nous ne sommes plus à l'époque d'Aristophane où, comme l'a fort bien démontré M. Girard (*Revue des Deux-Mondes*, 1878), le comédien, tout en plaisantant les dieux, les respectait profondément, et élevait même quelquefois sa poésie à la hauteur d'un hymne religieux. Lucien les raille parce qu'il n'y croit pas, et le peuple ne s'en offense pas, parce qu'il partage sur ce point l'incrédulité du poète. A l'époque de Socrate, Lucien aurait été condamné comme contempteur des dieux ; au moment où il vit, il a pour lui l'approbation universelle. Il en est de même pour la philosophie. Lucien, dans les *Sectes à l'encan*, ridiculise avec une verve cruelle tous les chefs d'école et n'épargne pas plus le scepticisme, auquel il appartient sans le savoir, que les autres sectes philosophiques. C'est que, comme l'a dit M. Alexis Pierron, « le monde de la pensée n'est pour lui que le pays des chimères ; tout ce qui dépasse l'étroit horizon de nos sens et de notre vie n'a jamais existé, selon lui, que dans l'imagination des philosophes et dans les croyances déraisonnables de la multitude ignorante. »

III

Πῶς δεῖ ἱστορίαν συγγράφειν n'est certes pas l'ouvrage d'un grammairien. C'est surtout dans ce petit livre que Lucien a répandu sa raillerie mordante, assaisonnée d'une raison imperturbable. Cet ouvrage est divisé en deux parties. Dans la première, l'auteur passe en revue les défauts des historiens ; l'un veut imiter Thucydide, et, en cherchant la concision, arrive à l'obscurité ; un autre copie Hérodote, et son ouvrage, en visant à la variété, devient une compilation indigeste. A toutes les pages, l'auteur sait mêler des anecdotes plaisantes à un enseignement qui, pour être moins grave, n'en est pas moins utile. Après avoir démontré que l'histoire ne doit être ni un panégyrique, ni une compilation, ni une imitation, Lucien s'élève à la hauteur de son sujet. Il prouve que l'histoire n'est pas une branche de l'art oratoire ; il réfute l'assertion de Denys d'Halicarnasse, qui prétend que « l'historien, comme l'orateur, doit avoir un double but : instruire et plaire. » Il défend Thucydide, qu'il regarde comme le premier des historiens ; en un mot, cet ouvrage est le véritable plaidoyer du bon sens contre les rhéteurs, qui ne comprennent pas la grandeur de l'histoire et la dignité qu'elle doit garder.

Du reste, Fénelon s'est rallié absolument, sur ce sujet, aux idées de Lucien, et dans sa lettre à l'Académie française, il s'est contenté de résumer les idées générales de notre auteur. Pour lui, comme pour l'écrivain grec, Thucydide est le modèle des historiens, et il est quelques-uns des passages de Fénelon, sur les panégyristes, par exemple, qui ne sont que la traduction exacte des idées de Lucien. On ne saurait terminer plus dignement qu'en citant l'opinion d'un de nos hellénistes les plus autorisés sur cet ouvrage : « Bien que cet opuscule de Lucien soit le premier traité en forme que nous rencontrions sur cette matière dans l'antiquité, il n'est pas un seul de ses préceptes qu'on ne retrouve plus ou moins explicitement chez les historiens et les rhéteurs, ses devanciers ; mais Lucien va rajeunir ces préceptes ; il a eu d'ailleurs l'heureuse fortune de rencontrer sur son chemin une école de sots narrateurs dont les ridicules ouvrages prêtaient merveilleusement à la satire et il en a profité. Mais, là même, on peut mesurer ce que vaut la verve ingénieuse de Lucien, en le comparant à Polybe. Dans son XIIe livre, Polybe fait la critique de Timée, l'un de ses confrères, aussi durement sans doute que Lucien gourmande les historiens de la guerre contre les Parthes ; on ne lit plus Polybe que pour s'instruire : le petit livre de Lucien n'instruit pas seulement, c'est encore un chef-d'œuvre de plaisanterie élégante et fine qui charme tous les hommes de génie. » — (Egger, *De la critique chez les Grecs.*)

DE LA

MANIÈRE D'ÉCRIRE L'HISTOIRE

I

Maladie étrange des Abdéritains : à la suite d'un accès de fièvre, ils sont pris de la manie de déclamer la tragédie. — Cause de cette maladie.

Ἀβδηρίταις φασὶ, Λυσιμάχου ἤδη βασιλεύοντος, ἐμπεσεῖν τι νόσημα, ὦ καλὲ Φίλων[1], τοιοῦτο· πυρέττειν μὲν γὰρ τὰ πρῶτα[2] πανδημεὶ ἅπαντας, ἀπὸ τῆς πρώτης[3] εὐθὺς ἐῤῥωμένως, καὶ λιπαρεῖ τῷ πυρετῷ[4]· περὶ δὲ τὴν ἑβδόμην τοῖς μὲν αἷμα πολὺ ἐκ ῥινῶν ῥυὲν[5], τοῖς δὲ ἱδρὼς ἐπιγενόμενος, πολὺς καὶ οὗτος, ἔλυσε τὸν πυρετόν. Ἐς γελοῖον δέ τι πάθος περιίστη[6] τὰς γνώμας αὐτῶν· ἅπαντες γὰρ ἐς τραγῳδίαν παρεκινοῦντο, καὶ ἰαμβεῖα[7] ἐφθέγγοντο, καὶ μέγα ἐβόων, μάλιστα δὲ τὴν Εὐριπίδου Ἀνδρο-

1. Ὦ καλὲ Φίλων. Idiotisme, comme ὦ βέλτιστε, mon cher Philon.

2. Τὰ πρῶτα. Pluriel neutre employé adverbialement. Voir Gram., § 149 *bis*.

3. Ἀπὸ τῆς πρώτης. Sous-entendu ἡμέρας.

4. Πυρετῷ. Πυρέττειν πυρετῷ, idiotisme fréquent.

5. Ῥυέν. Voir Gram., § 104, remarque III.

6. Περιίστη. Le sujet sous-entendu de περιίστη est πυρετός.

7. Ἰαμβεῖα. L'iambe, inventé par Archiloque pour la satire, devint le mètre ordinaire de la poésie dramatique, comme le dit Horace, *Art poétique*, 79-82 : « Archilochum proprio rabies armavit iambo; Hunc socci cepere pedem grandesque cothurni, Alternis aptum sermonibus, et populares Vincentem strepitus, et natum rebus agendis. »

μέδαν ἐμονῴδουν, καὶ τὴν τοῦ Περσέως ῥῆσιν ἐν μέλει[1] διεξῄεσαν· καὶ μεστὴ ἦν ἡ πόλις ὠχρῶν ἁπάντων καὶ λεπτῶν, τῶν ἑβδομαίων ἐκείνων τραγῳδῶν,

Σὺ δ', ὦ θεῶν τύραννε κἀνθρώπων, Ἔρως,

καὶ τἄλλα μεγάλῃ τῇ φωνῇ ἀναβοώντων, καὶ τοῦτο ἐπὶπολὺ, ἄχρι δὴ χειμὼν καὶ κρύος δὲ μέγα γενόμενον ἔπαυσε ληροῦντας αὐτούς[2]. Αἰτίαν δέ μοι δοκεῖ τοῦ τοιούτου παρασχεῖν Ἀρχέλαος ὁ τραγῳδὸς, εὐδοκιμῶν τότε, μεσοῦντος θέρους ἐν πολλῷ τῷ φλογμῷ τραγῳδήσας αὐτοῖς τὴν Ἀνδρομέδαν, ὡς πυρέξαι τε ἀπὸ τοῦ θεάτρου τοὺς πολλοὺς, καὶ ἀναστάντας ὕστερον ἐς τὴν τραγῳδίαν παρολισθαίνειν, ἐπὶπολὺ ἐμφιλοχωρούσης[3] τῆς Ἀνδρομέδας τῇ μνήμῃ αὐτῶν, καὶ τοῦ Περσέως ἔτι σὺν τῇ Μεδούσῃ τὴν ἑκάστου γνώμην περιπετομένου.

II

Par une maladie du même genre, tous les contemporains de Lucien veulent raconter la dernière guerre d'Arménie.

Ὡς οὖν ἓν, φασὶν[4], ἐνὶ παραβαλεῖν, τὸ Ἀβδηριτικὸν ἐκεῖνο πάθος καὶ νῦν τοὺς πολλοὺς τῶν πεπαιδευμένων περιελήλυθεν· οὐχ ὥστε τραγῳδεῖν, (ἔλαττον γὰρ ἂν τοῦτο παρέπαιον, ἀλλοτρίοις ἰαμβείοις, οὐ φαύλοις κατεσχημένοι·) ἀλλ' ἀφ' οὗ[5] δὴ τὰ ἐν ποσὶ[6] ταῦτα κεκίνηται, ὁ πόλεμος[7] ὁ πρὸς τοὺς βαρβάρους,

1. Ἐν μέλει. En cadence.
2. Ληροῦντας αὐτούς. Idiotisme fréquent. Gram., § 229.
3. Ἐμφιλοχωρούσης. Séjourner avec plaisir ; — élire domicile ; (ἐν, φίλος, χώρα).
4. Φασίν. Comme on dit, pour ὥς φασι, locution particulière à Lucien.
5. Ἀφ' οὗ. Depuis que (ἀφ' οὗ χρόνου) ; en latin, *ex quo* (sous-entendu *tempore*).
6. Ἐν ποσί. Dans les pieds, c'est-à-dire récemment. Rapprocher les adverbes ἐκποδὼν et ἐμποδών.
7. Ὁ πόλεμος ὁ. Voir, pour la répétition de l'article, Gram., §167.

καὶ τὸ ἐν Ἀρμενίᾳ τραῦμα, καὶ αἱ συνεχεῖς νῖκαι, οὐδεὶς ὅστις οὐχ ἱστορίαν συγγράφει· μᾶλλον δὲ Θουκυδίδαι, καὶ Ἡρόδοτοι, καὶ Ξενοφῶντες ἡμῖν[1] ἅπαντες· καὶ, ὡς ἔοικεν, ἀληθὲς ἄρ' ἦν ἐκεῖνο, τὸ « Πόλεμος ἁπάντων πατὴρ[2], » εἴ γε καὶ συγγραφέας τοσούτους ἀνέφυσεν ὑπὸ μιᾷ τῇ ὁρμῇ[3].

III

Au moment où tous les Corinthiens se préparent à la guerre contre Philippe, Diogène roule son tonneau, pour ne pas rester seul oisif au milieu de tant de gens occupés.

Ταῦτα τοίνυν, ὦ φιλότης, ὁρῶντα καὶ ἀκούοντά με τὸ τοῦ Σινωπέως ἐκεῖνο εἰσῆλθεν· ὁπότε γὰρ ὁ Φίλιππος ἐλέγετο ἤδη ἐπελαύνειν, οἱ Κορίνθιοι πάντες ἐταράττοντο, καὶ ἐν ἔργῳ ἦσαν, ὁ μὲν ὅπλα ἐπισκευάζων, ὁ δὲ λίθους παραφέρων, ὁ δὲ ὑποικοδομῶν τοῦ τείχους, ὁ δὲ ἔπαλξιν ὑποστηρίζων, ὁ δὲ ἄλλος ἄλλο τι τῶν χρησίμων ὑπουργῶν. Ὁ δὴ Διογένης, ὁρῶν ταῦτα, ἐπεὶ μηδὲν εἶχεν ὅ τι καὶ πράττοι (οὐδεὶς γὰρ αὐτῷ ἐς οὐδὲν ἐχρῆτο), διαζωσάμενος τὸ τριβώνιον[4], σπουδῇ μάλα καὶ αὐτὸς ἐκύλιε τὸν πίθον[5], ἐν ᾧ ἐτύγχανεν οἰκῶν, ἄνω καὶ κάτω τοῦ Κρανείου· καί τινος τῶν συνήθων ἐρομένου· « Τί ταῦτα ποιεῖς, ὦ Διόγενες; — Κυλίω, ἔφη, κἀγὼ[7] τὸν πίθον, ὡς μὴ μόνος ἀργεῖν δοκοίην[8] ἐν τοσούτοις ἐργαζομένοις. »

1. Ἡμῖν. Mot explétif. Voir Gram., p. 235, remarque I.

2. Πόλεμος ἁπάντων πατήρ. Maxime d'Héraclite, qui voulait expliquer la création et l'existence du monde par l'opposition des éléments. On voit que Lucien l'a plaisamment détournée de son sens propre.

3. Ὑπὸ μιᾷ τῇ ὁρμῇ. D'un seul coup.

4. Διαζωσάμενος τὸ τριβώνιον. Mot à mot, s'étant noué en ceinture son manteau de philosophe.

5. Πίθον. Ce *tonneau*, comme tous les *tonneaux* des anciens, n'était qu'un grand vase en terre cuite.

6. Τί ταῦτα ποιεῖς. Non pas *pourquoi fais-tu* cela, mais que fais-tu ?

7. Κἀγώ. Voir § 14, B.

8. Δοκοίην. Second optatif présent. V. Gram., § 86, remarque I.

IV

Lucien ne se taira pas non plus quand tout le monde parle. Sans vouloir écrire l'histoire, il donnera des conseils aux historiens.

Καὐτὸς οὖν, ὦ Φίλων, ὡς μὴ μόνος ἄφωνος εἴην ἐν οὕτω πολυφώνῳ τῷ καιρῷ, μηδ' ὥσπερ κωμικὸν δορυφόρημα[1] κεχηνὼς σιωπῇ παραφεροίμην, καλῶς ἔχειν ὑπέλαβον, ὡς[2] δυνατόν μοι, κυλίσαι τὸν πίθον, οὐχ ὡς ἱστορίαν συγγράφειν, οὐδὲ πράξεις αὐτὰς διεξιέναι· οὐχ οὕτω μεγαλότολμος ἐγώ, μηδὲ τοῦτο δείσῃς περὶ ἐμοῦ· οἶδα γὰρ ἡλίκος ὁ κίνδυνος, εἰ κατὰ τῶν πετρῶν κυλίοι τις, καὶ μάλιστα οἷον τοὐμὸν τοῦτο πιθάκνιον οὐδὲ πάνυ καρτερῶς κεκεραμευμένον· δεήσει γὰρ αὐτίκα μάλα, πρὸς μικρόν τι λιθίδιον προσπταίσαντα[3], συλλέγειν τὰ ὄστρακα. Τί οὖν ἔγνωσταί μοι[4], καὶ πῶς ἀσφαλῶς μεθέξω τοῦ πολέμου, αὐτὸς ἔξω βέλους ἑστώς, ἐγώ σοι φράσω·

τούτου μὲν καπνοῦ καὶ κύματος[5],

καὶ φροντίδων, ὅσαι τῷ συγγράφειν ἔνεισιν, ἀφέξω ἐμαυτόν, εὖ ποιῶν· παραίνεσιν δέ τινα μικρὰν, καὶ ὑποθήκας[6] ταύτας ὀλίγας ὑποθήσομαί τοῖς συγγράφουσιν, ὡς κοινωνήσαιμι αὐτοῖς τῆς οἰκοδομίας, εἰ καὶ μὴ τῆς ἐπιγραφῆς, ἄκρῳ γε τῷ δακτύλῳ τοῦ πηλοῦ προσαψάμενος.

1. **Δορυφόρημα.** Porteur de lance ; ce que nous appelons des figurants.

2. **Ὡς.** Ce mot, comme *ut* en latin, a une grande variété de significations. Ici il veut dire : *au point de.*

3. **Προσπταίσαντα.** Acc. masc. sing., se rapporte à μέ sous-entendu.

4. **Μοι.** Voir Gram., § 210.

5. Fragment d'un vers de l'*Odyssée*, chant XII ; description du gouffre de Scylla.

6. **Ὑποθήκας.** Des fondations. Premier terme de la métaphore, qui se continue jusqu'à la fin de la phrase, οἰκοδομία, la construction de l'édifice ; ἐπιγραφή, l'inscription ; πηλός, le mortier.

V

La plupart ne croient pas avoir besoin des conseils de Lucien, et il sait qu'il sera mal reçu, surtout des historiens qui ont eu quelque succès. Cependant il n'est pas mauvais de les mettre en état de mieux faire, en cas de guerre nouvelle.

Καίτοι οὐδὲ παραινέσεως οἱ πολλοὶ δεῖν οἴονται σφίσιν ἐπὶ τὸ πρᾶγμα, οὐ μᾶλλον ἢ τέχνης τινὸς ἐπὶ τὸ βαδίζειν ἢ βλέπειν ἢ ἐσθίειν, ἀλλὰ πάνυ ῥᾷστον καὶ πρόχειρον καὶ ἅπαντος εἶναι ἱστορίαν συγγράψαι, ἤν τις ἑρμηνεῦσαι τὸ ἐπελθὸν[1] δύνηται· τὸ δὲ[2], οἶσθά που καὶ αὐτὸς, ὦ ἑταῖρε, ὡς οὐ τῶν εὐμεταχειρίστων οὐδὲ ῥᾳθύμως συντεθῆναι δυναμένων τοῦτ' ἐστὶν, ἀλλὰ, εἴ τι ἐν λόγοις[3] καὶ ἄλλο, πολλῆς τῆς φροντίδος δεόμενον, ἤν τις, ὡς ὁ Θουκυδίδης φησὶν, ἐς ἀεὶ κτῆμα[4] συντιθείη. Οἶδα μὲν οὖν οὐ πάνυ πολλοὺς αὐτῶν ἐπιστρέψων[5], ἐνίοις δὲ καὶ πάνυ ἐπαχθὴς δόξων, καὶ μάλιστα ὁπόσοις ἀποτετέλεσται ἤδη καὶ ἐν τῷ κοινῷ[6] δέδεικται ἡ ἱστορία. Εἰ δὲ καὶ ἐπήνηται ὑπὸ τῶν τότε ἀκροασαμένων, μανία ἢ γε ἐλπὶς[7] ὡς οἱ τοιοῦτοι μεταποιήσουσιν ἢ μεταγράψουσί τι τῶν ἅπαξ κεκυρωμένων καὶ ὥσπερ[8] ἐς τὰς βασιλείους αὐλὰς ἀποκειμένων[9]. Ὅμως δὲ οὐ χεῖρον καὶ πρὸς αὐτοὺς ἐκείνους εἰρῆσθαι, ἵν', εἴ ποτε πόλεμος ἄλλος συσταίη, ἢ Κελ-

1. Τὸ ἐπελθόν. Ce qui vient à l'esprit.

2. Τὸ δέ. Ce τὸ δέ marque une apposition avec ce qui précède; τό peut être considéré comme faisant apposition avec τοῦτο, qui suit.

3. Ἐν λόγοις. Dans les lettres, dans la littérature.

4. Ἐς ἀεὶ κτῆμα. Thucydide, livre I, chap. 22. Un monument à toujours, un monument éternel.

5. Οἶδα ἐπιστρέψων. Construction très fréquente en grec. Voir Gram., § 229.

6. Ἐν τῷ κοινῷ. En public.

7. Μανία ἢ γε ἐλπίς. Ce serait folie d'espérer. Sous-entendu ἄν εἴη.

8. Ὥσπερ. Pour ainsi dire.

9. Ἀποκειμένων ne se construit pas d'ordinaire avec ἐς; il faut admettre qu'il équivaut ici à un verbe marquant mouvement. Les bons ouvrages furent d'abord déposés dans les temples ou dans les palais. C'est l'origine des bibliothèques.

τοῖς πρὸς Γέτας, ἢ Ἰνδοῖς πρὸς Βακτρίους (οὐ γὰρ πρὸς ἡμᾶς γε τολμήσειεν ἄν τις, ἁπάντων ἤδη κεχειρωμένων), ἔχωσιν ἄμεινον συντιθέναι[1], τὸν κανόνα τοῦτον προσάγοντες, ἥνπερ γε δόξῃ αὐτοῖς ὀρθὸς εἶναι· εἰ δὲ μή, αὐτοὶ μὲν καὶ τότε τῷ αὐτῷ πήχει, ὥσπερ καὶ νῦν, μετρούντων[2] τὸ πρᾶγμα· ὁ ἰατρὸς δὲ οὐ πάνυ ἀνιάσεται, ἢν πάντες Ἀβδηρῖται ἑκόντες Ἀνδρομέδαν τραγῳδῶσι.

VI

Division de l'ouvrage en deux parties. — Lucien parlera d'abord des défauts que l'historien doit éviter, sous le triple rapport du style, de la composition et du goût.

Διττοῦ δὲ ὄντος τοῦ τῆς συμβουλῆς[3] ἔργου (τὰ μὲν γὰρ αἱρεῖσθαι, τὰ δὲ φεύγειν διδάσκει), φέρε πρῶτα εἴπωμεν ἅτινα φευκτέον[4] τῷ ἱστορίαν συγγράφοντι, καὶ ὧν μάλιστα καθαρευτέον· ἔπειτα, οἷς χρώμενος[5] οὐκ ἂν ἁμάρτοι τῆς ὀρθῆς[6] καὶ ἐπ' εὐθὺ ἀγούσης, ἀρχήν τε οἵαν αὐτῷ ἀρκτέον[7], καὶ τάξιν ἥντινα τοῖς ἔργοις[8] ἐφαρμοστέον, καὶ μέτρον ἑκάστου, καὶ ἃ σιωπητέον, καὶ οἷς ἐνδιατριπτέον, καὶ ὅσα παραδραμεῖν ἄμεινον, καὶ ὅπως ἑρμηνεῦσαι αὐτὰ καὶ συναρμόσαι[9]. Ταῦτα μὲν καὶ τὰ τοιαῦτα ὕστε-

1. Ἔχωσιν συντιθέναι. Ἔχω avec un infinitif signifie pouvoir, savoir. Voir Gram., § 231 *bis*, 5. ἔχωσιν est amené par ἵνα.

2. Μετρούντων. Seconde désinence de la troisième personne du pluriel de l'impératif présent actif, pour μετρείτωσαν. V. Gram., § 75, 3.

3. Τῆς συμβουλῆς. Cet exposé, cet ouvrage.

4. Φευκτέον Pour cette construction, voir Gram., § 215. Le nom de la personne qui fait l'action se met au datif, τῷ συγγράφοντι; Voir remarque II.

5. Οἷς χρώμενος. De quels (moyens) se servant, par quels moyens.

6. Ὀρθῆς. Sous-entendu ὁδοῦ. Ellipse fréquente.

7. Ἀρχὴν ἀρκτέον. Idiotisme à remarquer. Voir Gram., § 209.

8. Τοῖς ἔργοις. Aux faits historiques.

9. Συναρμόσαι. Enchaîner les événements.

ρον[1]· νῦν δὲ τὰς κακίας ἤδη[2] εἴπωμεν, ὁπόσαι τοῖς φαύλως συγγράφουσι παρακολουθοῦσιν. Ἃ μὲν οὖν κοινὰ πάντων λόγων ἐστὶν ἁμαρτήματα, ἔν τε φωνῇ[3] καὶ ἁρμονίᾳ[4] καὶ διανοίᾳ[5] καὶ τῇ ἄλλῃ ἀτεχνίᾳ, μακρόν τε ἂν εἴη ἐπελθεῖν, καὶ τῆς παρούσης ὑποθέσεως οὐκ ἴδιον. Κοινὰ γὰρ, ὡς ἔφην, ἁπάντων λόγων ἐστὶν ἁμαρτήματα ἔν τε φωνῇ καὶ ἁρμονίᾳ.

VII

Le premier défaut des mauvais historiens est de prodiguer la louange, même au mépris de la vérité.

Ἃ δὲ ἐν ἱστορίᾳ διαμαρτάνουσι, τὰ τοιαῦτα ἂν εὕροις ἐπιτηρῶν οἷα κἀμοὶ πολλάκις ἀκροωμένῳ[6] ἔδοξε, καὶ μάλιστα ἢν ἅπασιν αὐτοῖς[7] ἀναπετάσῃς τὰ ὦτα. Οὐκ ἄκαιρον δὲ μεταξὺ[8] καὶ ἀπομνημονεῦσαι ἔνια, παραδείγματος ἕνεκα, τῶν ἤδη οὕτω συγγεγραμμένων. Καὶ πρῶτόν γε ἐκεῖνο, ἡλίκον ἁμαρτάνουσιν, ἐπισκωπήσωμεν· ἀμελήσαντες γὰρ οἱ πολλοὶ αὐτῶν τοῦ ἱστορεῖν τὰ γεγενημένα, τοῖς ἐπαίνοις ἀρχόντων καὶ στρατηγῶν ἐνδιατρίβουσι, τοὺς μὲν οἰκείους ἐς ὕψος ἐπαίροντες[9], τοὺς πολεμίους δὲ πέρα τοῦ μετρίου καταῤῥίπτοντες, ἀγνοοῦντες ὡς οὐ στενῷ τῷ ἰσθμῷ[10] διώρισται καὶ διατετείχισται ἡ ἱστορία πρὸς[11] τὸ ἐγκώμιον, ἀλλά τι μέγα τεῖχος ἐν μέσῳ ἐστὶν αὐτῶν, καὶ τὸ

1. Ὕστερον. Sous-ent. λέξομεν.
2. Ἤδη. Dès maintenant.
3. Φωνῇ. Le style.
4. Ἁρμονία. La composition.
5. Διανοίᾳ. Le goût.
6. Ἀκροωμένῳ. Entendant la lecture publique de ces histoires. Sur les lectures publiques, voir Nisard, *Poètes latins de la décadence*. Ἀκροάομαι, entendre comme le disciple entend le maître; ἀκούω, entendre en général.
7. Αὐτοῖς. Les mauvais historiens.
8. Μεταξύ, en attendant.
9. Ἐς ὕψος ἐπαίροντες. Nous disons semblablement : élever aux nues.
10. Ἰσθμῷ. Expression métaphorique expliquée par le mot διώρισται.
11. Πρός. Relativement à l'éloge. Idée de séparation.

τῶν μουσικῶν δὴ τοῦτο, δὶς διὰ πασῶν[1], ἐστὶ πρὸς ἄλληλα· εἴ γε[2] τῷ μὲν ἐγκωμιάζοντι μόνου ἑνὸς μέλει, ὁπωσοῦν[3] ἐπαινέσαι καὶ εὐφράναι[4] τὸν ἐπαινούμενον· καὶ εἰ ψευσαμένῳ ὑπάρχει τυχεῖν τοῦ τέλους, ὀλίγον ἂν φροντίσειεν[5]· ἡ[6] δὲ οὐκ ἄν τι ψεῦδος ἐμπεσὸν[7] ἡ ἱστορία, οὐδ' ἀκαριαῖον ἀνάσχοιτο, οὐ μᾶλλον ἢ τὴν ἀρτηρίαν[8] ἰατρῶν παῖδές[9] φασι τὴν τραχεῖαν παραδέξασθαι ἄν τι ἐς αὐτὴν καταποθέν.

VIII

La poésie et l'histoire ont des règles bien différentes. La première jouit d'une liberté absolue ; la fiction et la louange sont interdites à l'autre

Ἔτι ἀγνοεῖν ἐοίκασιν οἱ τοιοῦτοι ὡς ποιητικῆς μὲν καὶ ποιημάτων ἄλλαι ὑποσχέσεις καὶ κανόνες ἴδιοι, ἱστορίας δὲ ἄλλοι. Ἐκεῖ μὲν γὰρ ἀκρατὴς ἡ ἐλευθερία, καὶ νόμος εἷς, τὸ δόξαν[10] τῷ ποιητῇ. Ἔνθεος γὰρ καὶ κάτοχος ἐκ Μουσῶν, κἂν ἵππων[11]

1. Δὶς διὰ πασῶν (sous-entendu φωνῶν), mot à mot, deux fois à travers toutes les notes, c'est-à-dire la double octave, le plus grand intervalle employé dans la musique ancienne. Ces mots, δὶς διὰ φασῶν, sont en apposition avec τὸ τοῦτο.

2. Εἴ γε, puisqu'en effet ; en latin *si quidem*.

3. Ὁπωσοῦν. A tout prix.

4. Ἐπαινέσαι καὶ εὐφράναι. Infinitifs en apposition avec μόνου ἑνός.

5. Φροντίσειεν. Forme très fréquente de l'optatif aoriste actif.

6. Ἡ δὲ ἡ ἱστορία. Répétition de l'article qui donne plus de force à l'opposition. Voir Gram., § 167.

7. Ἐμπεσόν, s'y étant glissé.

8. Τὴν τραχεῖαν ἀρτηρίαν, la trachée-artère, conduit par où l'air est introduit dans les poumons, et qui ne peut, sans danger, recevoir la moindre chose qui s'y engagerait.

9. Ἰατρῶν παῖδες, les enfants des médecins, c'est-à-dire les médecins, expression poétique. On trouve très souvent dans Homère « les fils des Grecs » pour « les Grecs ».

10. Τὸ δόξαν. Nom. sing. neut. du participe aoriste actif ; la chose ayant paru bonne, le bon plaisir.

11. Allusion au char de Neptune (*Énéide*, I, vers 156).

ὑποπτέρων ἅρμα ζεύξασθαι θέλῃ, κἂν ἐφ' ὕδατος ἄλλους[1] ἢ ἐπ' ἀνθερίκων ἄκρων θευσομένους ἀναβιβάσηται, φθόνος οὐδείς[2], οὐδὲ, ὁπόταν ὁ Ζεὺς αὐτῶν, ἀπὸ μιᾶς σειρᾶς ἀνασπάσας, αἰωρῇ ὁμοῦ γῆν καὶ θάλατταν[3], δεδίασι μὴ, ἀποῤῥαγείσης ἐκείνης, συντριβῇ τὰ πάντα[4] κατενεχθέντα. Ἀλλὰ κἂν Ἀγαμέμνονα ἐπαινέσαι θέλωσιν, οὐδεὶς ὁ κωλύσων[5] Διῒ μὲν αὐτὸν ὅμοιον εἶναι τὴν κεφαλὴν καὶ τὰ ὄμματα, τὸ στέρνον δὲ τῷ ἀδελφῷ αὐτοῦ τῷ Ποσειδῶνι, τὴν δὲ ζώνην τῷ Ἄρει[6]· καὶ ὅλως σύνθετον ἐκ πάντων θεῶν γενέσθαι δεῖ τὸν Ἀτρέως καὶ Ἀερόπης[7]. Οὐ γὰρ ἱκανὸς ὁ Ζεὺς οὐδ' ὁ Ποσειδῶν οὐδὲ ὁ Ἄρης μόνος ἕκαστος ἀναπληρῶσαι τὸ κάλλος αὐτοῦ. Ἡ ἱστορία δὲ, ἤν τινα κολακείαν τοιαύτην προσλάβῃ, τί ἄλλο ἢ πεζή τις ποιητικὴ[8] γίγνεται, τῆς μεγαλοφωνίας μὲν ἐκείνης ἐστερημένη, τὴν λοιπὴν δὲ τερατείαν[9] γυμνὴν τῶν μέτρων[10], καὶ δι' αὐτὸ ἐπισημοτέραν ἐκφαίνουσα; Μέγα τοίνυν, μᾶλλον δὲ ὑπέρμεγα τοῦτο κακὸν, εἰ μὴ εἰδείη τις χωρίζειν τὰ ἱστορίας καὶ τὰ ποιητικῆς, ἀλλ' ἐπεισάγοι τῇ ἱστορίᾳ τὰ τῆς ἑτέρας κομμώματα, τὸν μῦθον καὶ τὸ ἐγκώμιον καὶ τὰς ἐν τούτοις ὑπερβολάς· ὥσπερ ἂν εἴ τις ἀθλητὴν τῶν καρτερῶν[11] τούτων καὶ κομιδῇ πρινίνων[12] ἁλουργίσι περιβάλοι καὶ τῷ ἄλλῳ

1. Ἄλλους. Allusion aux chevaux fils de Borée, qui couraient à la surface de la mer, et sur les épis sans les rompre. (*Iliade*, XX, 228.)

2. Φθόνος οὐδείς (ἐστι),. Il n'y a pas d'empêchement, personne ne le trouve mauvais.

3. Θάλατταν. (Homère, chant VIII, vers 18-22). Ἀνασπάσας et αἰωρῇ ont le même régime direct, γῆν καὶ θάλατταν.

4. Τὰ πάντα, l'univers.

5. Οὐδεὶς ὁ κωλύσων. Comme s'il y avait οὐδείς ἐστιν ὁ κωλύσων, οὐδεὶς κωλύσει.

6. Ἄρει. Homère, chant II, vers 477-479.)

7. Τὸν Ἀτρέως καὶ Ἀερόπης. Sous-entendu υἱόν. Idiotisme fréquent. Voir Gram., § 175.

8. Πεζή τις ποιητική. Une sorte de poésie en prose. Horace a dit de même : *Musa pedestris*.

9. Τερατείαν, la fiction poétique.

10. Γυμνὴν τῶν μέτρων. Expression très juste et qui rend bien l'idée.

11. Ἀθλητὴν τῶν καρτερῶν. Idiotisme. Voir Gram., § 176, 5, remarque 1.

12. Πρινίνων, de πρῖνος, chêne, comme le mot latin *robustus*, qui vient de *robur*.

κόσμῳ τῷ ἑταιρικῷ, καὶ φυκίον ἐντρίβοι καὶ ψιμύθιον τῷ προσώπῳ· Ἡράκλεις, ὡς καταγέλαστον αὐτὸν ἀπεργάσαιτο, αἰσχύνας τῷ κόσμῳ ἐκείνῳ.

IX

L'historien doit chercher à être, non pas agréable, mais utile. Il sera utile s'il est vrai.

Καὶ οὐ τοῦτό φημι ὡς οὐχὶ καὶ ἐπαινετέον ἐν ἱστορίᾳ ἐνίοτε· ἀλλ' ἐν καιρῷ τῷ προσήκοντι ἐπαινετέον, καὶ μέτρον ἐπακτέον τῷ πράγματι τὸ μὴ ἐπαχθὲς τοῖς ὕστερον ἀναγνωσομένοις αὐτὰ, καὶ ὅλως πρὸς τὰ ἔπειτα[1] κανονιστέον τὰ τοιαῦτα, ἅπερ[2] μικρὸν ὕστερον ἐπιδείξομεν. Ὅσοι δὲ οἴονται καλῶς διαιρεῖν ἐς δύο τὴν ἱστορίαν, εἰς τὸ τερπνὸν καὶ χρήσιμον, καὶ διὰ τοῦτο εἰσποιοῦσι καὶ τὸ ἐγκώμιον ἐς αὐτὴν, ὡς τερπνὸν καὶ εὐφραῖνον τοὺς ἐντυγχάνοντας[3], ὁρᾷς ὅσον τἀληθοῦς ἡμαρτήκασι; πρῶτον μὲν κιβδήλῳ τῇ διαιρέσει χρώμενοι· ἓν γὰρ ἔργον ἱστορίας καὶ τέλος, τὸ χρήσιμον, ὅπερ ἐκ τοῦ ἀληθοῦς μόνου συνάγεται· τὸ τερπνὸν δὲ, ἄμεινον μὲν εἰ καὶ αὐτὸ παρακολουθήσειεν[4], ὥσπερ καὶ κάλλος ἀθλητῇ· εἰ δὲ μὴ, οὐδὲν κωλύει ἀφ' Ἡρακλέους γενέσθαι Νικόστρατον[5] τὸν Ἰσιδότου, γεννάδαν ὄντα, καὶ τῶν ἀνταγωνιστῶν ἑκατέρων ἀλκιμώτερον, εἰ αὐτὸς μὲν αἴσχιστος ὀφθῆναι εἴη τὴν ὄψιν[6], Ἀλκαῖος δὲ ὁ καλὸς, ὁ Μιλήσιος, ἀνταγωνίζοιτο αὐτῷ. Καὶ τοίνυν ἡ ἱστορία, εἰ μὲν ἄλλως τὸ τερπνὸν

1. Πρὸς τὰ ἔπειτα, sur la postérité.

2. Ἅπερ, comme ὥσπερ, ainsi que.

3. Ἐντυγχάνοντας, régime direct de εὐφραῖνον, ceux qui rencontrent le livre, les lecteurs.

4. Παρακολουθήσειεν, sous-entendu τῷ χρησίμῳ.

5. Ἀφ' Ἡρακλέους γενέσθαι Νικόστρατον, on a traduit quelquefois par : que Nicostrate prenne rang auprès d'Hercule. C'est ici le sens ordinaire. Rien n'empêche de mettre dans la famille d'Hercule Nicostrate... Voir plus haut, chap. 8, note 9.

6. Τὴν ὄψιν. Rapprochez τὴν ὄψιν de αἴσχιστος. Voir Gram., § 173, III.

παρεμπορεύσαιτο[1], πολλοὺς ἂν τοὺς ἐραστὰς ἐπισπάσαιτο· ἄχρι δ' ἂν[2] καὶ μόνον ἔχῃ τὸ ἴδιον ἐντελὲς, λέγω δὲ τὴν τῆς ἀληθείας δήλωσιν, ὀλίγον τοῦ κάλλους φροντιεῖ[3].

X

On rendrait l'histoire ridicule en y introduisant les récits fabuleux et les éloges outrés.

Ἔτι κἀκεῖνο εἰπεῖν ἄξιον, ὅτι οὐδὲ τερπνὸν ἐν αὐτῇ τὸ κομιδῇ μυθῶδες, καὶ τὸ τῶν ἐπαίνων[4] μάλιστα πρόσαντες παρ' ἑκάτερον[5] τοῖς ἀκούουσιν, ἢν μὴ τὸν συρφετὸν καὶ τὸν πολὺν δῆμον[6] ἐπινοήσαις, ἀλλὰ τοὺς δικαστικῶς, καὶ νὴ Δία[7] συκοφαντικῶς[8] προσέτι γε ἀκροασομένους, οὓς οὐκ ἄν τι λάθοι παραδραμὸν, ὀξύτερον μὲν τοῦ Ἄργου ὁρῶντας, καὶ πανταχόθεν τοῦ σώματος, ἀργυραμοιβικῶς[9] δὲ τῶν λεγομένων ἕκαστα ἐξετάζοντας, ὡς τὰ μὲν παρακεκομμένα[10] εὐθὺς ἀποῤῥίπτειν, παραδέχεσθαι δὲ τὰ δόκιμα καὶ ἔννομα καὶ ἀκριβῆ τὸν τύπον[11]· πρὸς οὓς ἀποβλέποντα[12] χρὴ συγγράφειν, τῶν δ' ἄλλων ὀλίγον φροντίζειν, κἂν διαρραγῶσιν ἐπαινοῦντες. Ἢν δὲ, ἀμελήσας ἐκείνων, ἡδύνῃς

1. Παρεμπορεύσαιτο, familièrement en français : se donner par-dessus le marché; ici, s'ajouter comme ornement.

2. Ἄχρι δ' ἄν, mais pourvu que.

3. Φροντιεῖ, pour φροντίσει, futur attique.

4. Τὸ τῶν ἐπαίνων, idiotisme pour οἱ ἔπαινοι.

5. Παρ' ἑκάτερον, des deux côtés; que les éloges soient trop forts ou trop faibles.

6. Τὸν πολὺν δῆμον, la lie du peuple.

7. Νὴ Δία, souvent, comme ici, cette expression marque une gradation.

8. Συκοφαντικῶς, en chicaneurs.

9. Ἀργυραμοιβικῶς (de ἄργυρος, ἀμείβω), qui examinent chaque expression comme les changeurs examinent l'argent.

10. Παρακεκομμένα, les pièces mal frappées, les pièces fausses.

11. Τὸν τύπον. V. Gram., § 173; III; nous disons en français marquées au bon coin.

12. Ἀποβλέποντα, acc. masc. sing., se rapportant à συγγραφέα sous-entendu.

πέρα τοῦ μετρίου τὴν ἱστορίαν μύθοις καὶ ἐπαίνοις καὶ τῇ ἄλλῃ θωπείᾳ, τάχιστ' ἂν ὁμοίαν αὐτὴν ἐξεργάσαιο τῷ ἐν Λυδίᾳ Ἡρακλεῖ. Ἑωρακέναι γάρ πού σε εἰκὸς[1] γεγραμμένον[2], τῇ Ὀμφάλῃ δουλεύοντα, πάνυ ἀλλόκοτον σκευὴν ἐσκευασμένον[3], ἐκείνην μὲν τὸν λέοντα[4] αὐτοῦ περιβεβλημένην, καὶ τὸ ξύλον[5] ἐν τῇ χειρὶ ἔχουσαν, ὡς Ἡρακλέα δῆθεν οὖσαν, αὐτὸν δὲ ἐν κροκωτῷ καὶ πορφυρίδι, ἔρια ξαίνοντα, καὶ παιόμενον ὑπὸ τῆς Ὀμφάλης τῷ σανδάλῳ· καὶ τὸ θέαμα αἴσχιστον[6], ἀφεστῶσα ἡ ἐσθὴς τοῦ σώματος, καὶ μὴ προσιζάνουσα, καὶ τοῦ θεοῦ τὸ ἀνδρῶδες ἀσχημόνως καταθηλυνόμενον[7].

XI

Le mélange de la fable et de la vérité ne peut faire qu'une œuvre absurde. Les louanges excessives sont insupportables.

Καὶ οἱ μὲν πολλοὶ ἴσως καὶ ταῦτά σοι ἐπαινέσονται· οἱ ὀλίγοι δὲ ἐκεῖνοι, ὧν σὺ καταφρονεῖς, μάλα ἡδὺ καὶ ἐς κόρον γελάσονται, ὁρῶντες τὸ ἀσύμφυλον καὶ ἀνάρμοστον καὶ δυσκόλλητον τοῦ πράγματος. Ἑκάστου γὰρ δὴ ἴδιόν τι καλόν ἐστιν· εἰ δὲ τοῦτο ἐναλλάξειας, ἀκαλλὲς τὸ αὐτὸ παρὰ τὴν χρῆσιν[8] γίγνεται. Ἐῶ λέγειν[9] ὅτι οἱ ἔπαινοι ἑνὶ μὲν ἴσως τερπνοί, τῷ ἐπαινουμένῳ, τοῖς δ' ἄλλοις ἐπαχθεῖς· καὶ μάλιστα ἢν ὑπερφυεῖς τὰς ὑπερβολὰς ἔχωσιν, οἵους αὐτοὺς οἱ πολλοὶ ἀπεργάζονται, τὴν εὔνοιαν τὴν παρὰ τῶν ἐπαινουμένων θηρώμενοι, καὶ ἐνδιατρίβοντες ἄχρι τοῦ πᾶσι προφανῆ τὴν κολακείαν ἐξεργά-

1. Εἰκός, sous-entendu ἐστι.
2. Γεγραμμένον, sous-entendu τὸν Ἡρακλέα.
3. Σκευὴν ἐσκευασμένον. Voir Gram., § 209.
4. Λέοντα. La peau du lion de Némée.
5. Ξύλον. La massue.
6. Τὸ θέαμα αἴσχιστον, apposition au reste de la phrase.
7. Ἀνδρῶδες... καταθηλυνόμενον. Antithèse.
8. Παρὰ τὴν χρῆσιν, par le mauvais usage que vous en faites.
9. Ἐῶ λέγειν, j'omets de dire; je n'ai pas besoin de dire.

σασθαι· οὐδὲ γὰρ κατὰ τέχνην αὐτὸ δρᾶν ἴσασιν, οὐδ' ἐπισκιάζουσι τὴν θωπείαν· ἀλλ' ἐμπεσόντες[1], ἀθρόα πάντα καὶ ἀπίθανα καὶ γυμνὰ διεξίασιν.

XII

La flatterie est souvent repoussée par ceux à qui elle s'adresse. Exemple d'Aristobule et d'Alexandre.

Ὥστ' οὐδὲ τυγχάνουσιν οὗ μάλιστα ἐφίενται· οἱ γὰρ ἐπαινούμενοι πρὸς αὐτῶν μισοῦσι μᾶλλον καὶ ἀποστρέφονται ὡς κόλακας, εὖ ποιοῦντες, καὶ μάλιστα ἢν ἀνδρώδεις τὰς γνώμας ὦσιν· ὥσπερ Ἀριστοβούλου μονομαχίαν γράψαντος Ἀλεξάνδρου καὶ Πώρου, καὶ ἀναγνόντος αὐτῷ τοῦτο μάλιστα τὸ χωρίον τῆς γραφῆς (ᾤετο γὰρ χαριεῖσθαι[2] τὰ μέγιστα τῷ βασιλεῖ, ἐπιψευδόμενος[3] ἀριστείας τινὰς αὐτῷ, καὶ ἀναπλάττων ἔργα μείζω τῆς ἀληθείας), λαβὼν ἐκεῖνος τὸ βιβλίον (πλέοντες δ' ἐτύγχανον ἐν τῷ ποταμῷ τῷ Ὑδάσπει), ἔρριψεν ἐπὶ κεφαλὴν[4] ἐς τὸ ὕδωρ, ἐπειπών· « Καὶ σὲ δὲ οὕτως ἐχρῆν[5], ὦ Ἀριστόβουλε, τοιαῦτα ὑπὲρ ἐμοῦ μονομαχοῦντα[6], καὶ ἐλέφαντας ἑνὶ ἀκοντίῳ[7] φονεύοντα. »

Καὶ ἔμελλέ γε οὕτως ἀγανακτήσειν[8] ὁ Ἀλέξανδρος, ὅς γε οὐδὲ τὴν τοῦ ἀρχιτέκτονος τόλμαν ἠνέσχετο, ὑποσχομένου τὸν Ἄθω εἰκόνα[9] ποιήσειν αὐτοῦ, καὶ μετακοσμήσειν τὸ ὄρος ἐς

1. Ἐμπεσόντες, s'étant jetés sur leur sujet.
2. Χαριεῖσθαι, futur attique, comme χαρίσεσθαι.
3. Ἐπιψευδόμενος, attribuant faussement.
4. Ἐπὶ κεφαλήν, singulière expression en parlant d'un livre.
5. Ἐχρῆν, sous-entendu ῥίπτειν.
6. Μονομαχοῦντα, verbe intransitif avec lequel se construit l'accus. pluriel neutre τοιαῦτα; toi qui me prêtes de pareils combats singuliers.
7. Ἑνὶ ἀκοντίῳ, d'un seul coup de javelot.
8. Ἀγανακτήσειν, l'infinitif futur est amené par le verbe μέλλω.
9. Εἰκόνα, apposition à τὸν Ἄθω; tailler le mont Athos à son image.

ὁμοιότητα τοῦ βασιλέως· ἀλλὰ, κόλακα εὐθὺς ἐπιγνοὺς τὸν ἄνθρωπον, οὐκέτ' οὐδ' ἐς τὰ ἄλλα[1] ὁμοίως ἐχρῆτο[2].

XIII

Les flatteurs font douter de tout ce qu'ils racontent.

Ποῦ[3] τοίνυν τὸ τερπνὸν ἐν τούτοις, ἐκτὸς εἰ μή τις κομιδῇ ἀνόητος εἴη, ὡς χαίρειν τὰ τοιαῦτα ἐπαινούμενος ὧν παρὰ πόδας οἱ ἔλεγχοι[4]; ὥσπερ οἱ ἄμορφοι τῶν ἀνθρώπων, καὶ μάλιστά γε τὰ γύναια[5] τοῖς γραφεῦσι παρακελευόμενα ὡς καλλίστας[6] αὐτὰς γράφειν· οἴονται γὰρ ἄμεινον[7] ἕξειν τὴν ὄψιν, ἢν ὁ γραφεὺς αὐταῖς ἐρύθημά τε πλεῖον ἐπανθίσῃ καὶ τὸ λευκὸν ἐγκαταμίξῃ πολὺ τῷ φαρμάκῳ. Τοιοῦτοι τῶν συγγραφόντων οἱ πολλοί εἰσι τὸ τήμερον, καὶ τὸ ἴδιον καὶ τὸ χρειῶδες, ὅ τι ἂν ἐκ τῆς ἱστορίας ἐλπίσωσι, θεραπεύοντες, Οὓς μισεῖσθαι καλῶς εἶχεν[8], ἐς μὲν τὸ παρὸν κόλακας προδήλους καὶ ἀτέχνους ὄντας, ἐς τοὐπιὸν[9] δὲ ὕποπτον ταῖς ὑπερβολαῖς τὴν ὅλην πραγματείαν ἀποφαίνοντας. Εἰ δέ τις πάντως τὸ τερπνὸν ἡγεῖται καταμεμίχθαι δεῖν τῇ ἱστορίᾳ, πάσῃ[10] τὰ ἄλλα ἃ σὺν ἀληθείᾳ τερπνά ἐστιν ἐν τοῖς

1. Οὐκέτ' ἐς τὰ ἄλλα. Ce même architecte aurait cependant, suivant Vitruve, été chargé par Alexandre de rebâtir le temple de Diane brûlé par Érostrate à Éphèse, et de construire Alexandrie en Égypte.

2. Ὁμοίως, comme auparavant.

3. Ποῦ. Distinguez ποῦ de πού. Le sens est bien différent.

4. Οἱ ἔλεγχοι. Mot à mot, les louanges dont les preuves sont devant les pieds; c'est-à-dire dont la fausseté est manifeste.

5. Γύναια, diminutif de γυνή, comme *muliercula* de *mulier*.

6. Ὡς καλλίστας, *quàm pulcherrimas*, les plus belles possible. Voir Gram., § 183, remarque 1. Καλλίστας se rapporte à γύναια par syllepse.

7. Ἄμεινον ἕξειν. Ἔχω avec un adverbe se prend dans le sens intransitif. Voir Gram., § 231 bis, V.

8. Εἶχεν. Cet imparfait doit se traduire par le présent. Il serait élégant de dire en latin, dans le même sens, *æquum erat*, pour *æquum est*.

9. Ἐς τοὐπιόν, contraction pour τὸ ἐπιόν, participe neutre d'ἔπειμι, pour l'avenir.

10. Πάσῃ, subjonctif aoriste du verbe πάσσω.

ἄλλοις κάλλεσι τοῦ λόγου· ὧν ἀμελήσαντες οἱ πολλοὶ τὰ μηδὲν προσήκοντα[1] ἐπεισκυκλοῦσιν.

XIV

Quelques traits d'un historien maladroitement flatteur

Ἐγὼ δ' οὖν καὶ διηγήσομαι ὁπόσα μέμνημαι ἔναγχος[2] ἐν Ἰωνίᾳ συγγραφέων τινῶν, καὶ νὴ Δία[3] ἐν Ἀχαΐᾳ πρώην ἀκούσας τὸν αὐτὸν τοῦτον πόλεμον[4] διηγουμένων· καὶ πρὸς Χαρίτων[5], μηδεὶς ἀπιστήσειε τοῖς λεχθησομένοις· ὅτι γὰρ ἀληθῆ ἐστι κἂν ἐπωμοσαίμην, εἰ ἀστεῖον ἦν ὅρκον ἐντιθέναι συγγράμματι. Εἷς μέν τις αὐτῶν ἀπὸ Μουσῶν εὐθὺς ἤρξατο, παρακαλῶν τὰς θεὰς συνεφάψασθαι τοῦ συγγράμματος. Ὁρᾷς ὡς ἐμμελὴς ἡ ἀρχὴ, καὶ περὶ πόδα[6] τῇ ἱστορίᾳ, καὶ τῷ τοιούτῳ εἴδει τῶν λόγων πρέπουσα; Εἶτα μικρὸν ὑποβὰς, Ἀχιλλεῖ μὲν τὸν ἡμέτερον ἄρχοντα εἴκαζε, Θερσίτῃ δὲ τὸν τῶν Περσῶν βασιλέα, οὐκ εἰδὼς ὅτι ὁ Ἀχιλλεὺς ἀμείνων ἦν αὐτῷ, εἰ Ἕκτορα μᾶλλον ἢ Θερσίτην καθῄρει, καὶ εἰ πρόσθεν μὲν ἔφευγεν ἐσθλός τις[7],

ἐδίωκε δέ μιν μέγ' ἀμείνων.

Εἶτ' ἐπῆγεν ὑπὲρ αὐτοῦ[8] τι ἐγκώμιον, καὶ ὡς ἄξιος εἴη συγ-

1. Τὰ μηδὲν προσήκοντα, les ornements déplacés.

2. Ἔναγχος, dernièrement; πρώην, un peu auparavant. Le premier marque un temps plus rapproché que le second.

3. Νὴ Δία, comme plus haut, marque la gradation.

4. Τὸν αὐτὸν τοῦτον πόλεμον, cette même guerre-ci, la guerre contre les Parthes.

5. Πρὸς Χαρίτων, au nom des Grâces, qui sont ici invoquées, parce qu'il s'agit de la littérature qui est de leur domaine.

6. Περὶ πόδα, qui va juste au pied, qui convient. Horace a dit de même en latin : *Metiri se quemque suo modulo ac pede verum est* (Ep., I, 7).

7. Ἐσθλός τις, allusion à la fuite d'Hector devant Achille, vers 158 du 22e chant de l'*Iliade*.

8. Αὐτοῦ. Remarquez l'esprit rude.

γράψαι τὰς πράξεις οὕτω λαμπρὰς οὔσας. Ἤδη δὲ κατιὼν, ἐπῄνει καὶ τὴν πατρίδα τὴν Μίλητον, προστιθεὶς ὡς ἄμεινον ποιοῖ τοῦτο τοῦ Ὁμήρου, μηδὲν μνησθέντος τῆς πατρίδος. Εἶτ' ἐπὶ τέλει τοῦ φροιμίου ὑπισχνεῖτο διαῤῥήδην καὶ σαφῶς ἐπὶ μεῖζον μὲν ἀρεῖν τὰ ἡμέτερα, τοὺς βαρβάρους δὲ καταπολεμήσειν καὶ αὐτὸς, ὡς ἂν δύνηται· καὶ ἤρξατό γε τῆς ἱστορίας οὕτως, αἴτια ἅμα τῆς τοῦ πολέμου ἀρχῆς διεξιών· « Ὁ γὰρ μιαρώτατος καὶ κάκιστ' ἀπολούμενος Οὐολόγεσος ἤρξατο πολεμεῖν δι' αἰτίαν τοιάνδε. » Οὗτος μὲν τοιαῦτα.

XV

Un autre copie Thucydide, et intercale dans son texte grec les mots latins employés pour désigner les armes et les machines de guerre.

Ἕτερος δὲ, Θουκυδίδου ζηλωτὴς ἄκρος[1], οἷος εὖ μάλα[2] τῷ ἀρχετύπῳ εἰκασμένος, καὶ τὴν ἀρχὴν ὡς ἐκεῖνος σὺν τῷ ἑαυτοῦ ὀνόματι ἤρξατο, χαριεστάτην ἀρχῶν ἁπασῶν, καὶ θύμου τοῦ Ἀττικοῦ ἀποπνέουσαν[3]· ὅρα γάρ· « Κρεπέριος Καλπουρνιανὸς Πομπηϊουπολίτης συνέγραψε τὸν πόλεμον τῶν Παρθυαίων καὶ Ῥωμαίων, ὡς ἐπολέμησαν πρὸς ἀλλήλους, ἀρξάμενος εὐθὺς ξυνισταμένου[4]. » Ὥστε μετά γε τοιαύτην ἀρχὴν τί ἄν σοι τὰ λοιπὰ λέγοιμι, ὁποῖα ἐν Ἀρμενίᾳ ἐδημηγόρησε, τὸν Κερκυραῖον αὐτὸν ῥήτορα παραστησάμενος; ἢ οἷον Νισιβηνοῖς λοιμὸν[5], τοῖς μὴ τὰ Ῥωμαίων[6] αἱρουμένοις, ἐπήγαγε, παρὰ Θουκυδίδου

1. Ἄκρος, scrupuleux.
2. Οἷος εὖ μάλα, au plus degré possible.
3. Θύμου τοῦ Ἀττικοῦ ἀποπνέουσαν, tout parfumé de thym attique, c'est-à-dire exhalant un parfum d'atticisme. Le thym était l'assaisonnement préféré des Athéniens, et faisait la réputation du miel de l'Hymette.
4. C'est exactement, moins les noms propres, la première phrase de Thucydide.
5. Λοιμόν. L'historien dont parle Lucien croit devoir emprunter à Thucydide sa fameuse description de la peste d'Athènes (Livre II, chap. 17).
6. Τὰ Ῥωμαίων, le parti des Romains.

χρησάμενος[1] ὅλον ἄρδην, πλὴν μόνου τοῦ Πελασγικοῦ καὶ τῶν τειχῶν τῶν μακρῶν, ἐν οἷς οἱ τότε λοιμώξαντες ᾤκησαν; Τὰ δ' ἄλλα[2] καὶ ἀπὸ Αἰθιοπίας ἤρξατο, ὥστε καὶ ἐς Αἴγυπτον κατέβη, καὶ ἐς τὴν βασιλέως[3] γῆν τὴν πολλήν· καὶ ἐν ἐκείνῃ γε ἔμεινεν[4], εὖ ποιῶν. Ἐγὼ γοῦν θάπτοντα αὐτὸν ἔτι καταλιπὼν τοὺς ἀθλίους Ἀθηναίους ἐν Νισίβει[5], ἀπῆλθον, ἀκριβῶς εἰδὼς καὶ ὅσα ἀπελθόντος[6] ἐρεῖν ἔμελλε. Καὶ γὰρ αὖ καὶ τοῦτο ἐπιεικῶς πολὺ[7] νῦν ἐστὶ, τὸ οἴεσθαι τοῦτο εἶναι τοῖς Θουκυδίδου ἐοικότα λέγειν, εἰ ὀλίγον ἐντρέψας, τὰ αὐτοῦ ἐκείνου λέγοι τις μικρὰ κἀκεῖνα. « ὡς καὶ αὐτὸς ἂν φαίης, » « οὐ δι' αὐτὴν[8], νὴ Δία, » « κἀκεῖνα. ὀλίγου δεῖν παρέλιπον[9]· » ὁ γὰρ αὐτὸς οὗτος συγγραφεὺς πολλὰ καὶ τῶν ὅπλων καὶ τῶν μηχανημάτων, ὡς Ῥωμαῖοι αὐτὰ ὀνομάζουσιν, οὕτως ἀνέγραψε, καὶ τάφρον, ὡς ἐκεῖνοι, καὶ γέφυραν, καὶ τὰ τοιαῦτα. Καί μοι[10] ἐννόησον ἡλίκον τὸ ἀξίωμα τῆς ἱστορίας καὶ ὡς Θουκυδίδῃ πρέπον, μεταξὺ τῶν Ἀττικῶν ὀνομάτων τὰ Ἰταλιωτικὰ ταῦτ' ἐγκεῖσθαι, ὥσπερ τὴν πορφύραν ἐπικοσμοῦντα, καὶ ἐμπρέποντα καὶ πάντως συνᾴδοντα[11].

1. Χρησάμενος, de κίχρημι.

2. Τὰ δ' ἄλλα, pluriel neutre employé adverbialement.

3. βασιλέως. Il est ici question non pas, comme à l'ordinaire, du roi de Perse, mais du roi des Parthes; c'est une plaisanterie de Lucien.

4. Ἔμεινεν. Au lieu de s'arrêter chez les ennemis de Rome, les Parthes, comme le prétend l'historien, la peste se répandit dans l'armée de Vérus, et ensuite en Europe.

5. Ἀθηναίους ἐν Νισίβει. Nouvelle plaisanterie de Lucien.

6. Ἀπελθόντος, sous-entendu ἐμοῦ. Lucien savait ce qui allait être dit après son départ, puisqu'il connaissait la description de Thucydide.

7. Πολύ, fréquent.

8. Οὐ δι' αὐτὴν (αἰτίαν), νὴ Δία, non certes pour la même raison.

9. Ὀλίγου δεῖν παρέλιπον, j'allais oublier de dire. Expressions familières à Thucydide, et que ses maladroits imitateurs ont bien soin de copier.

10. Μοι, explétif. Il y a aussi des mots explétifs en français : prends-moi le bon parti.

11. Καὶ πάντως συνᾴδοντα, et s'y ajustant parfaitement.

XVI

Un autre donne un titre pompeux à un sommaire prosaïque des faits de la guerre, et mêle le dialecte ionien aux expressions les plus triviales.

Ἄλλος δέ τις αὐτῶν, ὑπόμνημα τῶν γεγονότων γυμνὸν συναγαγὼν ἐν γραφῇ κομιδῇ πεζὸν[1] καὶ χαμαιπετὲς, οἷον καὶ στρατιώτης ἄν τις τὰ καθ' ἡμέραν ἀπογραφόμενος, συνέθηκεν, ἢ τέκτων ἢ κάπηλός τις συμπερινοστῶν τῇ στρατιᾷ[2]· πλὴν ἀλλὰ[3] μετριώτερός[4] γε ὁ ἰδιώτης οὗτος ἦν, αὐτὸς μὲν αὐτίκα δῆλος ὢν οἷος ἦν, ἄλλῳ δέ τινι χαρίεντι καὶ δυνησομένῳ ἱστορίαν μεταχειρίσασθαι προπεπονηκώς. Τοῦτο μόνον ᾐτιασάμην αὐτοῦ, ὅτι οὕτως ἐπέγραψε τὰ βιβλία τραγικώτερον[5] ἢ κατὰ τὴν τῶν συγγραμμάτων τύχην· « Καλλιμόρφου ἰατροῦ τῆς τῶν κοντοφόρων[6] ἕκτης[7] ἱστοριῶν Παρθικῶν. » Καὶ ὑπεγέγραπτο ἑκάστῃ ὁ ἀριθμός[8]. Καὶ νὴ Δία καὶ τὸ προοίμιον ὑπέρψυχρον ἐποίησεν, οὕτω συναγαγών[9]· οἰκεῖον εἶναι ἰατρῷ ἱστορίαν συγγράφειν, εἴ γε ὁ Ἀσκληπιὸς μὲν Ἀπόλλωνος υἱὸς, Ἀπόλλων δὲ Μουσηγέτης καὶ πάσης παιδείας ἄρχων. Καὶ ὅτι[10] ἀρξάμενος ἐν τῇ Ἰάδι[11] γράφειν, οὐκ

1. Πεζόν. V. plus haut, ch. 8, note 10.

2. Τῇ στρατιᾷ. Phrase inachevée ; le sujet ἄλλος τις n'a pas de verbe à un mode personnel. C'est un exemple d'anacoluthe.

3. Πλὴν ἀλλά, du moins, encore.

4. Μετριώτερος, plus supportable.

5. Τραγικώτερον ἢ κατά. Le comparatif ainsi construit répond à notre locution française : trop pour, et à la locution latine : *quam ut*, précédée d'un comparatif. Voir Gram., § 181, remarque V.

6. Κοντοφόρων, porte-piques, corps de cavalerie romaine.

7. Ἕκτης, sous-entendu τάξεως, cohorte.

8. Ὁ ἀριθμός, le numéro.

9. Συναγαγών, ayant conclu.

10. Καὶ ὅτι dépend de ᾐτιασάμην. Il peut se traduire ici par : *de plus*.

11. Τῇ Ἰάδι, sous-entendu διαλέκτῳ. C'était le dialecte propre à la poésie épique et à la primitive histoire.

οἶδα ὅ τι δόξαν[1], αὐτίκα μάλα ἐπὶ τὴν κοινὴν[2] μετῆλθεν, ἰητρείην[3] μὲν λέγων, καὶ πείρην, καὶ ὁκόσα, καὶ νοῦσοι, τὰ δ' ἄλλα, ὅσα ὁμοδίαιτα τοῖς πολλοῖς, καὶ τὰ πλεῖστα, οἷα ἐκ τριόδου[4].

XVII

Un autre, bassement flatteur, abuse dans son préambule de la forme syllogistique.

Εἰ δέ με δεῖ καὶ σοφοῦ ἀνδρὸς μνησθῆναι, τὸ μὲν ὄνομα ἐν ἀφανεῖ κείσθω, τὴν γνώμην[5] δ' ἐρῶ, καὶ τὰ πρώην ἐν Κορίνθῳ συγγράμματα, κρείττω πάσης ἐλπίδος[6]· ἐν ἀρχῇ μὲν γὰρ, εὐθὺς ἐν τῇ πρώτῃ τοῦ φροιμίου περιόδῳ, συνηρώτησε[7] τοὺς ἀναγινώσκοντας, λόγον πάνσοφον δεῖξαι σπεύδων, ὡς μόνῳ ἂν τῷ σοφῷ[8] πρέποι ἱστορίαν συγγράφειν. Εἶτα μετὰ μικρὸν[9] ἄλλος συλλογισμὸς, εἶτα ἄλλος· καὶ ὅλως ἐν ἅπαντι σχήματι[10] συνηρώτητο αὐτῷ τὸ προοίμιον. Τὸ τῆς κολακείας ἐς κόρον· καὶ τὰ ἐγκώμια φορτικὰ, καὶ κομιδῇ βωμολοχικὰ, οὐκ ἀσυλλόγιστα μέντοι, ἀλλὰ συνηρωτημένα καὶ συνηγμένα[11] κἀκεῖνα. Καὶ μὴν κἀκεῖνο φορτικὸν ἔδοξέ μοι, καὶ ἥκιστα φιλοσόφῳ ἀνδρὶ καὶ πώγωνι[12] πολιῷ καὶ βαθεῖ πρέπον, τὸ ἐν τῷ προοιμίῳ εἰπεῖν ὡς ἐξαίρετον

1. Ὅ τι δόξαν, je ne sais quoi lui ayant paru bon, je ne sais par quel caprice. Δόξαν, accusatif ou nominatif absolu. Voir Gram., § 173, III, remarque I et II.
2. Τὴν κοινήν (sous-entendu διάλεκτον), la langue commune.
3. Ἰητρείην, πείρην, ὀκόσα, νοῦσοι, formes ioniques, pour ἰατρείαν, πεῖραν, ὁπόσα, νόσοι.
4. Τριόδου, carrefour.
5. Γνώμην, la méthode.
6. Κρείττω πάσης ἐλπίδος, éloge ironique.
7. Συνηρώτησε; l'aoriste équivaut ici à l'imparfait. Voir un peu plus bas συνηρώτητο.
8. Σοφῷ, philosophe.
9. Μετὰ μικρόν, un peu plus bas, bientôt après.
10. Σχήματι, forme du syllogisme.
11. Συνηγμένα, réduits en conclusions.
12. Πώγωνι. Les philosophes anciens affectaient de laisser croître leur barbe.

τοῦτο ἕξει ὁ ἡμέτερος ἄρχων, οὗ γε τὰς πράξεις καὶ φιλόσοφοι ἤδη συγγράφειν ἀξιοῦσι. Τὸ γὰρ τοιοῦτον, εἴπερ[1] ἄρα, ἡμῖν ἔδει καταλιπεῖν λογίζεσθαι, ἢ[2] αὐτὸν εἰπεῖν.

XVIII

Un autre copie Hérodote.

Καὶ μὴν οὐδ' ἐκείνου ὅσιον ἀμνημονεῦσαι, ὃς τοιάνδ' ἀρχὴν ἤρξατο · « Ἔρχομαι ἐρέων περὶ Ῥωμαίων καὶ Περσέων · » καὶ μικρὸν ὕστερον· « ἔδεε γὰρ Πέρσῃσι γενέσθαι κακῶς· » καὶ πάλιν · « ἦν Ὀσρόης, τὸν οἱ Ἕλληνες Ὀξυρόην ὀνυμέουσι · » καὶ ἄλλα πολλὰ τοιαῦτα. Ὁρᾷς, ὅμοιος οὗτος ἐκείνῳ, παρ' ὅσον ὁ μὲν Θουκυδίδῃ, οὗτος δὲ Ἡροδότῳ εὖ μάλα ἐῴκει.

XIX

Un autre abuse de la description.

Ἄλλος τις ἀοίδιμος ἐπὶ λόγων δυνάμει, Θουκυδίδῃ καὶ αὐτὸς ὅμοιος, ἢ ὀλίγῳ ἀμείνων[6] αὐτοῦ, πάσας πόλεις καὶ πάντα ὄρη καὶ πεδία καὶ ποταμοὺς ἑρμηνεύσας πρὸς τὸ[7] σαφέστατον καὶ ἰσχυρότατον, ὡς ᾤετο (τὸ δὲ ἐς ἐχθρῶν κεφαλὰς ὁ ἀλεξίκακος

1. Εἴπερ ἄρα (sous-entendu οὕτως ἔχει), si cela est vrai.

2. Ἤ (sous-entendu μᾶλλον). Ellipse assez usitée.

3. Ἔρχομαι ἐρέων. Ce membre de phrase et les suivants sont imités d'Hérodote. Les formes ἐρέων (pour ἐρῶν), Περσέων (pour Περσῶν), ἔδεε (pour ἔδει), Πέρσῃσι (pour Πέρσαις), sont particulières au dialecte ionien dans lequel écrivait Hérodote.

4. Τόν, pour ὅν, pronom relatif, comme il est d'usage dans le dialecte attique.

5. Ὀνυμέουσι, forme éolienne, pour ὀνομάζουσι.

6. Ὀλίγῳ ἀμείνων. Avec un comparatif, l'adverbe de quantité est marqué par un adjectif neutre à l'accusatif ou au datif. Voir Gram., § 181, remarque VI.

7. Τὸ, pour τοῦτο.

τρέψειε, τοσαύτη ψυχρότης ἐνῆν ὑπὲρ τὴν Κασπιακὴν χιόνα καὶ τὸν κρύσταλλον τὸν Κελτικὸν), ἡ γοῦν[1] ἀσπὶς ἡ τοῦ αὐτοκράτορος ὅλῳ βιβλίῳ μόγις ἐξηρμηνεύθη αὐτῷ, καὶ Γοργὼν ἐπὶ τοῦ ὀμφαλοῦ, καὶ οἱ ὀφθαλμοὶ αὐτῆς ἐκ κυανοῦ καὶ λευκοῦ καὶ μέλανος, καὶ ζώνη ἰριοειδὴς, καὶ δράκοντες ἑλικηδὸν καὶ βοστρυχηδόν. Ἡ μὲν γὰρ Οὐολογέσου ἀναξυρὶς ἢ ὁ χαλινὸς τοῦ ἵππου, Ἡράκλεις, ὅσαι μυριάδες ἐπῶν ἕκαστον[2] τούτων, καὶ οἷα ἦν[3] ἡ Ὀσρόου κόμη, διανέοντος τὸν Τίγρητα, καὶ ἐς οἷον ἄντρον κατέφυγε, κιττοῦ καὶ μυῤῥίνης καὶ δάφνης ἐς ταὐτὸ[4] συμπεφυκότων, καὶ σύσκιον ἀκριβῶς ποιούντων αὐτό· σκόπει ὡς ἀναγκαῖα τῇ ἱστορίᾳ ταῦτα, καὶ ὡς οὐκ ἄνευ αὐτῶν ᾔδειμέν τι τῶν ἐκεῖ πραχθέντων.

XX

C'est par incapacité que ces historiens ont recours aux descriptions inutiles. Blessures impossibles et morts étranges.

Ὑπὸ γὰρ ἀσθενείας τῆς ἐν τοῖς χρησίμοις ἢ ἀγνοίας τῶν λεκτέων ἐπὶ τὰς τοιαύτας τῶν χωρίων καὶ ἄντρων ἐκφράσεις τρέπονται· καὶ ὁπόταν ἐς πολλὰ καὶ μεγάλα πράγματα ἐμπέσωσιν, ἐοίκασιν οἰκέτῃ νεοπλούτῳ, ἄρτι τοῦ δεσπότου κληρονομήσαντι, ὅς οὔτε τὴν ἐσθῆτα οἶδεν ὡς χρὴ περιβαλέσθαι, οὔτε δειπνῆσαι κατὰ νόμον, ἀλλ' ἐμπηδήσας[5], πολλάκις ὀρνίθων καὶ συείων[6] καὶ λαγωῶν προκειμένων, ὑπερεμπίπλαται ἔτνους τινὸς

1. Ἡ γοῦν. Ici commence une nouvelle phrase, mais la première n'est pas achevée, ἄλλος τις n'étant sujet d'aucun verbe. Nouvel exemple d'anacoluthe, comme plus haut, chap. XVI, note 2.

2. Ἕκαστον, sous-entendu ἦν.

3 Οἷα ἦν. Quelle était; c'est-à-dire combien de vers pour décrire...

4. Ταὐτό, pour τὸ αὐτό, en s'entrelaçant, idée indiquée encore par le σύν de συμπεφυκότων.

5. Ἐμπηδήσας, s'étant jeté sur... (sous-entendu ἔτνει ἢ ταρίχῳ).

6. Συείων. Adjectif pris substantivement.

ἢ ταρίχου, ἔστ' ἂν διαῤῥαγῇ ἐσθίων. Οὗτος δ' οὖν, ὃν προεῖπον, καὶ τραύματα συνέγραψε πάνυ ἀπίθανα καὶ θανάτους ἀλλοκότους· ὡς εἰς δάκτυλον τοῦ ποδὸς τὸν μέγαν τρωθείς τις αὐτίκα ἐτελεύτησε, καὶ ὡς, ἐμβοήσαντος μόνον Πρίσκου τοῦ στρατηγοῦ, ἑπτὰ καὶ εἴκοσι τῶν πολεμίων ἐξέθανον. Ἔτι δὲ καὶ ἐν τῷ τῶν νεκρῶν ἀριθμῷ, τοῦτο μὲν καὶ παρὰ τὰ γεγραμμένα ἐν ταῖς τῶν ἀρχόντων ἐπιστολαῖς ἐψεύσατο· ἐπὶ γὰρ Εὐρώπῳ τῶν μὲν πολεμίων ἀποθανεῖν μυριάδας ἑπτὰ καὶ τριάκοντα καὶ ἓξ πρὸς διακοσίοις[1], Ῥωμαίων δὲ μόνους δύο, καὶ τραυματίας γενέσθαι ἐννέα. Ταῦτα οὐκ οἶδα εἴ τις ἂν εὖ φρονῶν ἀνάσχοιτο.

XXI

Abus de l'atticisme. Bévue à propos de la mort de Sévérien.

Καὶ μὴν κἀκεῖνο λεκτέον, οὐ μικρὸν ὄν. Ὑπὸ γὰρ τοῦ κομιδῇ Ἀττικὸς εἶναι[2] καὶ ἀποκεκαθάρθαι τὴν φωνὴν ἐς τὸ ἀκριβέστατον, ἠξίωσεν οὕτω καὶ τὰ ὀνόματα ποιῆσαι τῶν Ῥωμαίων καὶ μεταγράψαι ἐς τὸ Ἑλληνικὸν, ὡς Κρόνιον μὲν Σατουρνῖνον λέγειν, Φρόντιν δὲ τὸν Φρόντωνα, Τιτάνιον δὲ τὸν Τιτιανὸν, καὶ τἄλλα πολλῷ γελοιότερα. Ἔτι ὁ αὐτὸς οὗτος περὶ τῆς Σευηριανοῦ τελευτῆς ἔγραψεν ὡς οἱ μὲν ἄλλοι ἅπαντες ἐξηπάτηνται, οἰόμενοι ξίφει τεθνάναι αὐτὸν, ἀποθάνοι δὲ ἀνὴρ σιτίων ἀποσχόμενος· τοῦτον γὰρ αὐτῷ ἀλυπότατον δόξαι τὸν θάνατον· οὐκ εἰδὼς ὅτι τὸ μὲν πάθος[3] ἐκεῖνο πᾶν τριῶν, οἶμαι, ἡμερῶν[4]

1. Διακοσίοις. Sept myriades et trente et six outre deux cents, c'est-à-dire 70 236.

2. Ἀττικὸς εἶναι. Construisez ὑπὸ τοῦ εἶναι κομιδῇ Ἀττικός, c'est-à-dire par manie d'atticisme. Pour l'article devant l'infinitif, voir Gram., § 170, 2°.

3. Πάθος. Toute cette désastreuse affaire (c'est-à-dire l'attaque des Parthes, la défaite de l'armée romaine, la mort de Sévérien).

4. Τριῶν ἡμερῶν. Le génitif marque la durée. Voir Gram., § 173, 4°.

ἐγένετο· ἀπόσιτοι δὲ καὶ ἐς ἑβδόμην διαρκοῦσιν οἱ πολλοί· ἐκτὸς εἰ μὴ τοῦθ' ὑπολάβοι τις, ὡς Ὀσρόης εἱστήκει περιμένων ἔστ' ἂν Σευηριανὸς λιμῷ ἀπόληται, καὶ διὰ τοῦτο οὐκ ἐπήγαγε[1] διὰ τῆς ἑβδόμης.

XXII

Mélange du langage poétique et des expressions basses.

Τοὺς δὲ καὶ ποιητικοῖς ὀνόμασιν, ὦ καλὲ Φίλων, ἐν ἱστορίᾳ χρωμένους ποῦ ἄν τις θείη[2], τοὺς λέγοντας· « ἐλέλιξε[3] μὲν ἡ μηχανή, τὸ τεῖχος δὲ πεσὸν μεγάλως ἐδούπησε; » Καὶ πάλιν ἐν ἑτέρῳ μέρει τῆς καλῆς ἱστορίας· « Ἔδεσσα μὲν δὴ οὕτω τοῖς ὅπλοις περιεσμαραγεῖτο, καὶ ὄτοβος ἦν καὶ κόναβος ἅπαντα ἐκεῖνα, καὶ ὁ στρατηγὸς ἐμερμήριζεν ᾧ τρόπῳ μάλιστα προσαγάγοι πρὸς τὸ τεῖχος· » εἶτα μεταξὺ οὕτως εὐτελῆ ὀνόματα καὶ δημοτικὰ καὶ πτωχικὰ πολλὰ παρενεβέβυστο[4], τὸ « ἐπέστειλεν[5] ὁ στρατοπεδάρχης τῷ κυρίῳ, » καὶ « οἱ στρατιῶται ἠγόραζον τὰ ἐγχρήζοντα, » καὶ « ἤδη λελουμένοι περὶ αὐτοὺς ἐγίγνοντο, » καὶ τὰ τοιαῦτα· ὥστε τὸ πρᾶγμα ἐοικὸς εἶναι τραγῳδῷ τὸν ἕτερον μὲν πόδα ἐπ' ἐμβάτου ὑψηλοῦ ἐπιβεβηκότι, θατέρῳ δὲ σάνδαλον ὑποδεδεμένῳ.

1. Ἐπήγαγε. Intransitivement, ce verbe signifie se porter, s'élancer; ici, attaquer.

2. Ποῦ ἄν τις θείη, où quelqu'un mettrait-il, c'est-à-dire que dire de?...

3. Ἐλέλιξε, ἐδούπησε, expressions fréquentes dans Homère, comme plus bas, περιεσμαραγεῖτο, ἐμερμήριζεν.

4. Παρενεβέβυστο, de παρεμβύω, terme trivial employé par Lucien pour faire contraste avec les expressions poétiques de l'historien.

5. Ἐπέστειλεν. La faute reprochée par Lucien est d'avoir employé ἐπιστέλλω sans régime. C'était probablement une manière de parler en usage dans le peuple, comme τὰ ἐγχρήζοντα.

XXIII

Des prologues disproportionnés ou trop brusques.

Καὶ μὴν καὶ ἄλλους ἴδοις ἄν, τὰ μὲν προοίμια λαμπρὰ καὶ τραγικὰ καὶ ἐς ὑπερβολὴν μακρὰ συγγράφοντας, ὡς ἐλπίσαι[1] θαυμαστὰ ἡλίκα[2] τὰ μετὰ ταῦτα πάντως ἀκούσεσθαι, τὸ σῶμα δὲ αὐτὸ τὸ[3] τῆς ἱστορίας μικρόν τι καὶ ἀγεννὲς ἐπαγαγόντας, ὡς καὶ τοῦτο ἐοικέναι παιδίῳ, εἴ που Ἔρωτα εἶδες παίζοντα, προσωπεῖον Ἡρακλέους πάμμεγα ἢ Τιτᾶνος περικείμενον. Εὐθὺς γοῦν οἱ ἀκούσαντες ἐπιφθέγγονται αὐτοῖς τὸ « Ὤδινεν ὄρος[4]. » Χρὴ δέ, οἶμαι, μὴ οὕτως, ἀλλ' ὅμοια τὰ πάντα καὶ ὁμόχροα εἶναι, καὶ συνᾷδον τῇ κεφαλῇ τὸ ἄλλο σῶμα, ὡς μὴ χρυσοῦν μὲν τὸ κράνος εἴη, θώραξ δὲ πάνυ γελοῖος, ἐκ ῥακῶν ποθὲν[5] ἢ ἐκ δερμάτων σαπρῶν συγκεκαττυμένος, καὶ ἡ ἀσπὶς οἰσυΐνη καὶ χοιρίνη περὶ ταῖς κνήμαις. Ἴδοις γὰρ ἂν ἀφθόνους τοιούτους συγγραφέας, τοῦ Ῥοδίου Κολοσσοῦ τὴν κεφαλὴν νανώδει σώματι ἐπιτιθέντας· ἄλλους αὖ ἔμπαλιν ἀκέφαλα τὰ σώματα εἰσάγοντας, ἀπροοιμίαστα καὶ εὐθὺς ἐπὶ τῶν πραγμάτων[6]· οἳ καὶ προσεταιρίζονται τὸν Ξενοφῶντα οὕτως ἀρξάμενον[7]· « Δαρείου καὶ Παρυσάτιδος παῖδες γίγνονται δύο », καὶ ἄλλους τῶν πα-

1. Ἐλπίσαι. Quand le verbe ἐλπίζω est suivi d'un autre verbe, le second se met, comme en latin, au futur.

2. Θαυμαστὰ ἡλίκα, admirables combien grandes, c'est-à-dire très admirables, merveilleuses. Voir Gram., § 195, remarque VI.

3. Τὸ. Sur cet emploi de l'article, voir Gram., § 170, 3°.

4. Ὤδινεν ὄρος. Horace avait dit :

Parturiunt montes, nascetur ridiculus mus ;

Et Boileau :

La montagne en travail enfante une souris.

5. Ποθέν, ramassés de tous côtés.

6. Εὐθὺς ἐπὶ τῶν πραγμάτων, commençant aussitôt par les faits.

7. Ἀρξάμενον. C'est le commencement de l'*Anabase*.

λαιῶν, οὐκ εἰδότες ὡς δυνάμει[1] τινὰ προοίμιά ἐστι, λεληθότα τοὺς πολλούς, ὡς ἐν ἄλλοις[2] δείξομεν.

XXIV

Un historien qui change les villes de place.

Καίτοι ταῦτα πάντα φορητά 'εστιν, ὅσα ἢ ἑρμηνείας ἢ τῆς ἄλλης διατάξεως[3] ἁμαρτήματά ἐστι· τὸ δὲ καὶ περὶ τοὺς τόπους αὐτοὺς ψεύδεσθαι οὐ παρασάγγας μόνον, ἀλλὰ καὶ σταθμοὺς ὅλους, τίνι τῶν καλῶν ἔοικεν[4]; Εἷς γοῦν οὕτω ῥαθύμως συνήγαγε τὰ πράγματα, οὔτε Σύρῳ τινὶ ἐντυχών, οὔτε τὸ λεγόμενον δὴ τοῦτο[5] τῶν ἐπὶ κουρείων[6] τὰ τοιαῦτα μυθολογούντων ἀκούσας, ὥστε περὶ Εὐρώπου λέγων οὕτως ἔφη· « Ἡ δὲ Εὔρωπος κεῖται μὲν ἐν τῇ Μεσοποταμίᾳ, σταθμοὺς δύο τοῦ Εὐφράτου ἀπέχουσα, ἀπῴκισαν δὲ αὐτὴν Ἐδεσσαῖοι· » καὶ οὐδὲ τοῦτο ἀπέχρησεν αὐτῷ, ἀλλὰ καὶ τὴν ἐμὴν πατρίδα, τὰ Σαμόσατα, αὐτὸς ἐν τῷ αὐτῷ βιβλίῳ ἀράμενος ὁ γενναῖος, αὐτῇ ἀκροπόλει[7] καὶ τείχεσι, μετέθηκεν ἐς τὴν Μεσοποταμίαν[8], ὡς περιῤῥεῖσθαι αὐτὴν ὑπ' ἀμφοτέρων τῶν ποταμῶν, ἑκατέρωθεν ἐν χρῷ καταμειβομένων καὶ μονονουχὶ τοῦ τείχους[9] ψαυόντων. Τὸ δὲ καὶ γελοῖον, εἴ σοι[10] νῦν, ὦ Φίλων, ἀπολογοίμην ὡς οὐ Παρ-

1. Δυνάμει, par eux-mêmes, *vi propriâ*.

2. Ἐν ἄλλοις, locution adverbiale, ailleurs.

3. Τῆς ἄλλης διατάξεως, du reste de la composition, c'est-à-dire des autres parties de la composition.

4. Τίνι τῶν καλῶν ἔοικεν; à laquelle des belles choses cela ressemble-t-il; est-ce bien faire?

5. Λεγόμενον τοῦτο, sous-entendu κατά; selon le proverbe.

6. Κουρείων. Dans l'antiquité, les oisifs se rassemblaient chez les barbiers pour causer des nouvelles du jour.

7. Ἀκροπόλει, sous-entendu σύν.

8. Μεσοποταμίαν. Samosate était éloignée du Tigre de près de cent lieues.

9. Τείχους, en latin *murus*, qui n'est pas synonyme de *paries*, *parietis*, en grec τοῖχος, τοίχου.

10. Σοι, explétif.

θυαῖος οὐδὲ Μεσοποταμίτης σοι ἐγώ, οἷς με φέρων ὁ θαυμαστὸς συγγραφεὺς ἀπῴκισε.

XXV

Étrange suicide prêté à Sévérien.

Νὴ Δία κἀκεῖνο κομιδῇ πιθανὸν περὶ τοῦ Σευηριανοῦ ὁ αὐτὸς οὗτος εἶπεν, ἐπομοσάμενος ἦ μὴν ἀκοῦσαί τινος τῶν ἐξ αὐτοῦ τοῦ ἔργου[1] διαφυγόντων· οὔτε γὰρ ξίφει ἐθελῆσαι[2] αὐτὸν ἀποθανεῖν, οὔτε φαρμάκου πιεῖν, οὔτε βρόχου ἅψασθαι, ἀλλά τινα θάνατον ἐπινοῆσαι τραγικόν, καὶ τῇ τόλμῃ ξενίζοντα· τυχεῖν μὲν γὰρ αὐτὸν ἔχοντα παμμεγέθη ἐκπώματα ὑαλᾶ, τῆς καλλίστης ὑάλου· ἐπεὶ δὲ πάντως ἀποθανεῖν ἔγνωστο, κατάξαντα[3] τὸν μέγιστον τῶν σκύφων, ἑνὶ τῶν θραυσμάτων χρήσασθαι εἰς τὴν σφαγήν, ἐντεμόντα τῇ ὑάλῳ τὸν λαιμόν. Οὕτως οὐ ξιφίδιον, οὐ λογχάριον εὗρεν, ὡς ἀνδρεῖός γε αὐτῷ καὶ ἡρωϊκὸς ὁ θάνατος γένοιτο.

XXVI

Oraison funèbre à l'instar de Thucydide ; conclusion empruntée à la tragédie d'Ajax.

Εἶτα, ἐπειδὴ Θουκυδίδης ἐπιτάφιόν τινα εἶπε τοῖς πρώτοις τοῦ πολέμου ἐκείνου νεκροῖς[4], καὶ αὐτὸς ἡγήσατο χρῆναι ἐπειπεῖν τῷ Σευηριανῷ. Ἅπασι γὰρ αὐτοῖς πρὸς τὸν οὐδὲν αἴτιον τῶν ἐν Ἀρμενίᾳ κακῶν, τὸν Θουκυδίδην, ἡ ἅμιλλα. Θάψας οὖν τὸν Σευηριανὸν μεγαλοπρεπῶς, ἀναβιβάζεται ἐπὶ τὸν τάφον Ἀφράνιόν τινα Σίλωνα ἑκατόνταρχον, ἀνταγωνιστὴν Περικλέους[5],

1. Ἔργου, du combat ; nous disons de même en français : l'action.
2. Ἐθελῆσαι. Cet infinitif et les suivants sont amenés par εἶπεν de la première phrase.
3. Κατάξαντα, de κατάγνυμι, ayant brisé en les jetant à terre.
4. Νεκροῖς. Voir *Thucydide*, II, chap. 34-36.
5. Περικλέους. C'est Périclès qui, dans *Thucydide*, prononce le discours dont il est question.

ὃς τοιαῦτα καὶ τοσαῦτα ἐπεῤῥητόρευσεν αὐτῷ ὥστε με, νὴ τὰς Χάριτας, πολλὰ πάνυ δακρῦσαι ὑπὸ τοῦ γέλωτος, καὶ μάλιστα ὁπότε ὁ ῥήτωρ ὁ Ἀφράνιος, ἐπὶ τέλει τοῦ λόγου δακρύων ἅμα σὺν οἰμωγῇ περιπαθεῖ, ἐμέμνητο τῶν πολυτελῶν ἐκείνων δείπνων καὶ προπόσεων, εἶτα ἐπέθηκεν Αἰάντειόν τινα τὴν κορωνίδα[1]· σπασάμενος γὰρ τὸ ξίφος εὐγενῶς πάνυ, καὶ ὡς Ἀφράνιον εἰκὸς ἦν, πάντων ὁρώντων, ἀπέσφαξεν ἑαυτὸν ἐπὶ τῷ τάφῳ, οὐκ ἀνάξιος ὤν, μὰ τὸν Ἐνυάλιον, πρὸ πολλοῦ[2] ἀποθανεῖν, εἰ[3] τοιαῦτα ἐῤῥητόρευε· καὶ τοῦτο ἔφη ἰδόντας τοὺς παρόντας ἅπαντας θαυμάσαι καὶ ὑπερεπαινέσαι τὸν Ἀφράνιον. Ἐγὼ δὲ καὶ τἄλλα μὲν αὐτοῦ κατεγίγνωσκον, μονονουχὶ ζωμῶν καὶ λοπάδων μεμνημένου, καὶ ἐπιδακρύοντος τῇ τῶν πλακούντων μνήμῃ· τοῦτο δὲ μάλιστα ᾐτιασάμην, ὅτι μὴ τὸν συγγραφέα καὶ διδάσκαλον[4] τοῦ δράματος προαποσφάξας ἀπέθανε.

XXVII

Certains historiens omettent ou effleurent les faits importants et insistent sur les minuties.

Πολλοὺς δὲ καὶ ἄλλους ὁμοίους τούτοις ἔχων σοι, ὦ ἑταῖρε, καταριθμήσασθαι, ὀλίγων ὅμως ἐπιμνησθεὶς, ἐπὶ τὴν ἑτέραν ὑπόσχεσιν[5] ἤδη μετελεύσομαι, τὴν συμβουλὴν ὅπως ἂν ἄμεινον συγγράφοι τις. Εἰσὶ γάρ τινες οἳ τὰ μεγάλα μὲν τῶν πεπραγμένων καὶ ἀξιομνημόνευτα παραλείπουσιν ἢ παραθέουσιν, ὑπὸ δὲ ἰδιωτείας[6] καὶ ἀπειροκαλίας καὶ ἀγνοίας τῶν λεκτέων ἢ σιω-

1. Κορωνίδα. Un dénouement emprunté à la tragédie d'Ajax.
2. Πρὸ πολλοῦ. Sous-entendu χρόνου, plus tôt.
3. Εἰ, puisque.
4. Διδάσκαλον. Ce mot désigne celui qui dirigeait les répétitions d'une pièce de théâtre, et par conséquent son auteur. On disait en latin dans le même sens *docere fabulam*.
5. Τὴν ἑτέραν ὑπόσχεσιν, la seconde promesse, c'est-à-dire la seconde partie du livre. La promesse a été faite au chap. VI.
6. Ἰδιωτείας, naïveté.

πητέων, τὰ μικρότατα πάνυ λιπαρῶς καὶ φιλοπόνως ἑρμηνεύουσιν ἐμβραδύνοντες. Ὥσπερ ἂν εἴ τις τοῦ Διὸς τοῦ ἐν Ὀλυμπίᾳ τὸ μὲν ὅλον κάλλος[1], τοσοῦτον καὶ τοιοῦτον[2] ὄν, μὴ βλέποι μηδ' ἐπαινοίη, μηδὲ τοῖς οὐκ εἰδόσιν ἐξηγοῖτο, τοῦ ὑποποδίου[3] δὲ τό τε εὐθυεργὲς καὶ τὸ εὔξεστον θαυμάζοι, καὶ τῆς κρηπῖδος τὸ εὔρυθμον, καὶ ταῦτα πάνυ μετὰ πολλῆς φροντίδος διεξιών.

XXVIII

La bataille d'Europe racontée en sept lignes. Longue digression sur l'entrevue de Mausacas et de Malchion.

Ἔγωγ' οὖν ἤκουσά τινος τὴν μὲν ἐπ' Εὐρώπῳ μάχην ἐν οὐδ' ὅλοις ἑπτὰ ἔπεσι[4] παραδραμόντος, εἴκοσι δὲ μέτρα ἢ ἔτι πλείω ὕδατος[5] ἀναλωκότος ἐς ψυχρὰν καὶ οὐδὲν ἡμῖν προσήκουσαν διήγησιν· ὡς Μαῦρός τις ἱππεύς, Μαυσάκας τοὔνομα, ὑπὸ δίψους πλανώμενος ἀνὰ τὰ ὄρη, καταλάβοι Σύρους τινὰς τῶν ἀγροίκων, ἄριστον παρατιθεμένους, καὶ ὅτι τὰ μὲν πρῶτα ἐκεῖνοι φοβηθεῖεν αὐτὸν, εἶτα μέντοι, μαθόντες ὡς τῶν φίλων εἴη, κατεδέξαντο καὶ εἱστιάσαντο καὶ γάρ τινα τυχεῖν αὐτῶν ἀποδεδημηκότα καὶ αὐτὸν ἐς τὴν Μαύρων[6], ἀδελφοῦ αὐτῷ ἐν τῇ γῇ[7] στρατευομένου. Μῦθοι τὸ μετὰ τοῦτο μακροὶ καὶ διηγήσεις, ὡς θηράσειεν αὐτὸς ἐν τῇ Μαυρουσίᾳ, καὶ ὡς ἴδοι τοὺς ἐλέφαντας πολλοὺς ἐν τῷ αὐτῷ[8] συννεμομένους, καὶ ὡς ὑπὸ

1. Τὸ ὅλον κάλλος, la beauté de l'ensemble.
2. Τοσοῦτον καὶ τοιοῦτον, attique pour τοσοῦτο et τοιοῦτο.
3. Ὑποποδίου, le piédestal qu'il ne faut pas confondre avec le soubassement (κρηπῖδος). Le premier avait un mètre de hauteur, et le second, quatre.
4. Ἔπεσι, lignes. *Versus* (*Vertere*) a le même sens en latin.
5. Μέτρα ὕδατος. Pour les lectures publiques comme pour les plaidoiries des avocats, on mesurait le temps au moyen de la clepsydre ou horloge d'eau.
6. Τὴν Μαύρων, sous-entendu γῆν. Voir Gram., § 168, II.
7. Ἐν τῇ γῇ, sous-entendu ταύτῃ.
8. Ἐν τῷ αὐτῷ, sous-entendu χώρῳ.

λέοντος ὀλίγου δεῖν καταδρωθείη, καὶ ἡλίκους ἰχθῦς ἐπρίατο ἐν Καισαρείᾳ· καὶ ὁ θαυμαστὸς συγγραφεὺς, ἀφεὶς τὰς ἐν Εὐρώπῳ γιγνομένας σφαγὰς τοσαύτας, καὶ ἐπελάσεις, καὶ σπονδὰς[1] ἀναγκαίας, καὶ φύλακας καὶ ἀντιφύλακας, ἄχρι βαθείας ἑσπέρας[2] ἐφειστήκει ὁρῶν Μαλχίωνα τὸν Σύρον ἐν Καισαρείᾳ σκάρους[3] παμμεγέθεις ἀξίους[4] ὠνούμενον. Εἰ δὲ μὴ νὺξ κατέλαβε, τάχ' ἂν καὶ συνεδείπνει μετ' αὐτοῦ, ἤδη τῶν σκάρων ἐσκευασμένων. Ἅπερ εἰ μὴ ἐνεγέγραπτο ἐπιμελῶς τῇ ἱστορίᾳ, μεγάλα ἂν ἡμεῖς (ἠγνοηκότες) ἦμεν, καὶ ἡ ζημία Ῥωμαίοις ἀφόρητος, εἰ Μαυσάκας ὁ Μαῦρος διψῶν μὴ εὗρε πιεῖν, ἀλλ' ἄδειπνος ἐπανῆλθεν ἐπὶ τὸ στρατόπεδον. Καίτοι πόσα ἄλλα μακρῷ ἀναγκαιότερα ἑκὼν ἐγὼ νῦν παρίημι, ὡς καὶ αὐλητρὶς ἧκεν ἐκ τῆς πλησίον κώμης αὐτοῖς, καὶ ὡς δῶρα ἀλλήλοις ἀντέδοσαν, ὁ Μαῦρος μὲν τῷ Μαλχίωνι λόγχην, ὁ δὲ τῷ Μαυσάκᾳ πόρπην[5], καὶ ἄλλα πολλὰ τοιαῦτα, τῆς ἐπ' Εὐρώπῳ μάχης αὐτὰ δὴ τὰ κεφάλαια. Τοιγάρτοι εἰκότως ἄν τις εἴποι τοὺς τοιούτους τὸ μὲν ῥόδον αὐτὸ μὴ βλέπειν, τὰς ἀκάνθας δὲ αὐτοῦ τὰς παρὰ τὴν ῥίζαν[6] ἀκριβῶς ἐπισκοπεῖν.

XXIX

Les enseignes des Parthes prises pour des serpents vivants.

Ἄλλος, ὦ Φίλων, μάλα καὶ οὗτος γελοῖος, οὐδὲ τὸν ἕτερον πόδα ἐκ Κορίνθου πώποτε προβεβηκὼς, οὐδ' ἄχρι Κεγχρεῶν ἀποδημήσας, οὔτε γε[7] Συρίαν ἢ Ἀρμενίαν ἰδὼν, ὧδε ἤρξατο,

1. Σπονδάς, suspensions d'armes.
2. Βαθείας ἑσπέρας, la nuit.
3. Σκάρους, des scares, poissons de mer à nageoires épineuses.
4. Ἀξίους, dignes du prix, à bon marché.
5. Πόρπην, agrafe pour attacher les vêtements.
6. Παρὰ τὴν ῥίζαν, le long de la tige.
7. Οὔτε γε, bien loin de, *nedum*.

μέμνημαι γάρ· « Ὦτα ὀφθαλμῶν ἀπιστότερα. Γράφω τοίνυν ἃ εἶδον, οὐχ ἃ ἤκουσα. » Καὶ οὕτως ἀκριβῶς ἅπαντα ἑωράκει ὥστε τοὺς δράκοντας ἔφη τῶν Παρθυαίων (σημεῖον δὲ πλήθους τοῦτο αὐτοῖς· χιλίους γὰρ, οἶμαι[1], ὁ δράκων ἄγει) ζῶντας δράκοντας παμμεγέθεις εἶναι γεννωμένους ἐν τῇ Περσίδι, μικρὸν ὑπὲρ τὴν Ἰβηρίαν, τούτους δὲ, τέως[2] μὲν ἐπὶ κοντῶν μεγάλων ἐκδεδεμένους, ὑψηλοὺς αἰωρεῖσθαι, καὶ πόῤῥωθεν, ἐπελαυνόντων[3], δέος ἐμποιεῖν· ἐν αὐτῷ δὲ τῷ ἔργῳ, ἐπειδὰν ὁμοῦ ἴωσι[4], λύσαντες αὐτοὺς, ἐπαφιᾶσι τοῖς πολεμίοις· ἀμέλει πολλοὺς τῶν ἡμετέρων οὕτω καταποθῆναι[5], καὶ ἄλλους, περισπειραθέντων[6] αὐτοῖς, ἀποπνιγῆναι καὶ συγκλασθῆναι· ταῦτα δὲ ἐφεστὼς ὁρᾷν αὐτὸς, ἐν ἀσφαλεῖ μέντοι ἀπὸ δένδρου ὑψηλοῦ ποιούμενος τὴν σκοπήν. Καὶ εὖ γε ἐποίησε μὴ ὁμόσε χωρήσας τοῖς θηρίοις, ἐπεὶ οὐκ ἂν ἡμεῖς θαυμαστὸν οὕτω συγγραφέα νῦν εἴχομεν, καὶ ἀπὸ χειρὸς[7] αὐτὸν μεγάλα καὶ λαμπρὰ ἐν τῷ πολέμῳ τούτῳ ἐργασάμενον· καὶ γὰρ ἐκινδύνευσε πολλὰ, καὶ ἐτρώθη περὶ Σοῦραν, ἀπὸ τοῦ Κρανείου δηλονότι βαδίζων ἐπὶ τὴν Λέρναν. Καὶ ταῦτα Κορινθίων ἀκουόντων ανεγίγνωσκε τῶν ἀκριβῶς εἰδότων ὅτι μηδὲ κατὰ τοίχου γεγραμμένον[8] πόλεμον ἑωράκει. Ἀλλ' οὐδὲ ὅπλα ἐκεῖνός γε ᾔδει οὐδὲ μηχανήματα οἷά ἐστιν, οὐδὲ τάξεων ἢ καταλοχισμῶν ὀνόματα. Πάνυ γοῦν ἔμελεν αὐτῷ πλαγίαν μὲν τὴν ὀρθίαν φάλαγγα, ἐπὶ κέρως δὲ λέγειν τὸ ἐπὶ μετώπου ἄγειν[9].

1. Οἶμαι porte sur χιλίους.
2. Τέως, en attendant (le combat).
3. Ἐπελαυνόντων, sous-entendu τῶν Παρθυαίων.
4. Ὁμοῦ ἴωσι, on en vient aux mains.
5. Καταποθῆναι, inf. aor. passif de καταπίνω.
6. Περισπειραθέντων, sous-entendu τῶν δρακόντων.
7. Ἀπὸ χειρός, de sa main, en personne.
8. Κατὰ τοίχου γεγραμμένον. De guerre peinte sur une muraille, c'est-à-dire en peinture.
9. D'appeler oblique la phalange droite, et de dire marcher en files au lieu de marcher de front.

XXX

Un titre trop long et une histoire trop courte.

Εἷς δέ τις βέλτιστος ἅπαντα ἐξ ἀρχῆς ἐς τέλος τὰ πεπραγμένα, ὅσα ἐν Ἀρμενίᾳ, ὅσα ἐν Συρίᾳ, ὅσα ἐν Μεσοποταμίᾳ, τὰ ἐπὶ τῷ Τίγρητι, τὰ ἐν Μηδίᾳ, πεντακοσίοις οὐδ' ὅλοις ἔπεσι περιλαβὼν συνέγραψε, καὶ τοῦτο ποιήσας, ἱστορίαν συγγεγραφέναι φησί. Τὴν μέντοι ἐπιγραφὴν ὀλίγου δεῖν[1] μακροτέραν τοῦ βιβλίου ἐπέγραψεν· « Ἀντιοχιανοῦ τοῦ Ἀπόλλωνος ἱερονίκου[2] (δόλιχον γάρ που, οἶμαι, ἐν παιδὶ 'ενενικήκει) τῶν ἐν Ἀρμενίᾳ καὶ Μεσοποταμίᾳ καὶ ἐν Μηδίᾳ Ῥωμαίοις νῦν πραχθέντων ἀφήγησις. »

XXXI

Une histoire en forme de prophétie.

Ἤδη δ' ἐγώ τινος καὶ τὰ μέλλοντα συγγεγραφότος ἤκουσα, καὶ τὴν λῆψιν τὴν Οὐολογέσου, καὶ τὴν Ὀσρόου σφαγὴν[3], ὡς παραβληθήσεται τῷ λέοντι, καὶ ἐπὶ πᾶσι[4] τὸν τριπόθητον ἡμῖν θρίαμβον· οὕτω[5] πάνυ μαντικῶς ἅμα[6] ἔχων ἔσπευδεν ἤδη πρὸς τὸ τέλος τῆς γραφῆς. Ἀλλὰ καὶ πόλιν ἤδη ἐν τῇ Μεσοποταμίᾳ ᾤκισε, μεγέθει τε μεγίστην, καὶ κάλλει καλλίστην· ἔτι μέντοι ἐπισκοπεῖ καὶ διαβουλεύεται εἴτε Νίκαιαν αὐτὴν ἀπὸ τῆς νίκης

1. Ὀλίγου δεῖν, locution adverbiale, presque, peu s'en faut.

2. Ἱερονίκου, vainqueur aux jeux sacrés d'Apollon. Il s'agit des jeux Pythiques qui se célébraient à Delphes, en mémoire de la victoire d'Apollon sur le serpent Python.

3. Σφαγήν. L'historien s'était trop pressé; Vologèse ne fut pas pris, et Osroès ne fut pas exposé aux lions.

4. Ἐπὶ πᾶσι, après toutes choses, enfin.

5. Οὕτω, tellement, *adeo*.

6. ἅμα, pendant tout ce temps, jusqu'à l'achèvement de son histoire.

χρὴ ὀνομάζεσθαι, εἴτε Ὁμόνοιαν, εἴτε Εἰρηνίαν[1] · καὶ τοῦτο μὲν ἔτι ἄκριτον, καὶ ἀνώνυμος ἡμῖν ἡ καλὴ πόλις ἐκείνη, λήρου πολλοῦ καὶ κορύζης[2] συγγραφικῆς γέμουσα. Τὰ δ' ἐν Ἰνδοῖς πραχθησόμενα ὑπέσχετο ἤδη γράψειν, καὶ τὸν περίπλουν τῆς ἔξω θαλάττης. Καὶ οὐχ ὑπόσχεσις ταῦτα μόνον, ἀλλὰ καὶ τὸ προοίμιον τῆς Ἰνδικῆς[3] ἤδη συντέτακται. Καὶ τὸ τρίτον τάγμα, καὶ οἱ Κελτοί, καὶ Μαύρων[4] μοῖρα ὀλίγη σὺν Κασσίῳ πάντες οὗτοι ἐπεραιώθησαν τὸν Ἰνδὸν ποταμόν · ὅ τι δὲ πράξουσιν ἢ πῶς δέξονται τὴν τῶν ἐλεφάντων ἐπέλασιν, οὐκ εἰς μακρὰν[5] ἡμῖν ὁ θαυμαστὸς συγγραφεὺς ἀπὸ Μουζούριδος ἢ ἀπ' Ὀξυδρακῶν ἐπιστελεῖ.

XXXII

Titres ridicules. — Quiconque saura éviter ces défauts possèdera déjà en grande partie les qualités nécessaires au bon historien.

Τοιαῦτα πολλὰ ὑπ' ἀπαιδευσίας ληροῦσι, τὰ μὲν ἀξιόρατα οὔτε ὁρῶντες, οὔτ', εἰ βλέποιεν, κατ' ἀξίαν εἰπεῖν δυνάμενοι, ἐπινοοῦντες δὲ καὶ ἀναπλάττοντες ὅττι κεν ἐπ' ἀκαιρίμαν γλῶτταν, φασὶν[6], ἔλθῃ[7] · καὶ ἐπὶ τῷ ἀριθμῷ[8] τῶν βιβλίων ἔτι σεμνυνόμενοι, καὶ μάλιστα ἐπὶ ταῖς ἐπιγραφαῖς · καὶ γὰρ αὖ

1. Nicée, de νικαῖος, la victorieuse; Homonée, d'Ὁμόνοια, concorde; Irénie, de εἰρήνη, paix.

2. Κορύζης, rhume de cerveau, privation de l'odorat, et, au figuré, stupidité, sottise. On dit de même, en latin, *homo naris obesæ*.

3. Τῆς Ἰνδικῆς, l'Indique; histoire de l'expédition romaine dans l'Inde.

4. Μαύρων. Les Celtes et les Maures étaient des troupes auxiliaires jointes à la troisième légion.

5. Εἰς μακράν. Dans peu de temps, bientôt.

6. Φασίν, comme on dit. Voir chap. II, note 1.

7. Locution proverbiale. ὅττι, attique, pour ὅτι.

8. Ἀριθμῷ. Ils tirent vanité, non pas du grand nombre de divisions de leur ouvrage, mais de certains nombres, à l'imitation des auteurs illustres.

καὶ αὖται παγγέλοιοι · « τοῦ δεῖνος Παρθικῶν νικῶν τοσάδε[1] · » καὶ αὖ · « Παρθίδος[2] πρῶτον, δεύτερον » (ὡς Ἀτθίδος δηλονότι). Ἄλλος ἀστειότερον παρὰ πολὺ (ἀνέγνων γάρ) · « Δημητρίου Σαγαλασσέως Παρθονικικά[3] · » οὐδ' ὡς[4] ἐν γέλωτι ποιήσασθαι καὶ ἐπισκῶψαι τὰς ἱστορίας οὕτω καλὰς οὔσας, ἀλλὰ τοῦ χρησίμου ἕνεκα · ὡς[5] ὅστις ἂν ταῦτα καὶ τὰ τοιαῦτα φεύγῃ, πολὺ μέρος ἤδη ἐς τὸ ὀρθῶς συγγράφειν οὗτος προείληφε, μᾶλλον δὲ ὀλίγων ἔτι προσδεῖται, εἴ γε ἀληθὲς ἐκεῖνό φησιν ἡ διαλεκτική, ὡς τῶν ἀμέσων[6] ἡ θατέρου ἄρσις τὸ ἕτερον πάντως ἀντεισάγει.

XXXIII

Deuxième partie. Le terrain est déblayé ; il reste à construire l'édifice.

Καὶ δὴ τὸ χωρίον σοι, φαίη τις ἄν, ἀκριβῶς ἀνακεκάθαρται, καὶ αἵ τε ἄκανθαι, ὁπόσαι ἦσαν, καὶ βάτοι ἐκκεκομμέναι εἰσὶ, τὰ δὲ τῶν ἄλλων ἐρείπια ἤδη ἐκπεφόρηται · καὶ εἴ τι τραχὺ[7], ἤδη καὶ τοῦτο λεῖόν ἐστιν · ὥστε οἰκοδόμει τι ἤδη καὶ αὐτὸς, ὡς δείξῃς οὐκ ἀνατρέψαι μόνον τὰ τῶν ἄλλων γεννάδας ὤν[8], ἀλλά τι καὶ αὐτὸς ἐπινοῆσαι δεξιὸν, καὶ ὃ οὐδεὶς ἄν, ἀλλ' οὐδ' ὁ Μῶμος[9] μωμήσασθαι δύναιτο.

1. **Τοσάδε.** Tant de livres. Cette phrase reproduit la forme ordinaire des titres d'ouvrages.

2. **Παρθίδος** est calqué sur Ἀτθίδος.

3. **Παρθονικικά.** Mot ridiculement forgé.

4. **Οὐδ' ὡς.** Sous-entendu ταῦτα λέγω.

5. **Ὡς**, car.

6. **Ἀμέσων**, qui ne souffrent pas de milieu. Maxime empruntée à l'école stoïcienne.

7. **Τραχὺ**, sous-entendu ἦν.

8. **Construisez** : ὡς δείξῃς ὢν γεννάδας οὐ μόνον ἀνατρέψαι... Voir Gram. § 229.

9. **Μῶμος μωμήσασθαι.** Jeu de mots qu'il est impossible de reproduire exactement en français. Faire quelque chose dont Momus ne peut pas se moquer, c'est atteindre la perfection.

XXXIV

L'historien doit avoir deux qualités essentielles : l'intelligence des affaires, don de nature, et l'art d'écrire, qui peut s'acquérir.

Φημὶ τοίνυν τὸν ἄριστα ἱστορίαν συγγράφοντα δύο μὲν ταῦτα κορυφαιότατα οἴκοθεν ἔχοντα ἥκειν[1], σύνεσίν τε πολιτικὴν καὶ δύναμιν ἑρμηνευτικήν· τὴν μὲν ἀδίδακτόν τι τῆς φύσεως δῶρον· ἡ δύναμις δὲ πολλῇ τῇ ἀσκήσει καὶ συνεχεῖ τῷ πόνῳ καὶ ζήλῳ τῶν ἀρχαίων προσγεγενημένη ἔστω. Ταῦτα μὲν οὖν ἄτεχνα[2] καὶ οὐδὲν ἐμοῦ συμβούλου δεόμενα. Οὐ γὰρ συνετοὺς καὶ ὀξεῖς ἀποφαίνειν τοὺς μὴ παρὰ τῆς φύσεως τοιούτους φησὶ τοῦτο ἡμῖν τὸ βιβλίον[3]· ἐπεὶ πολλοῦ ἄν, μᾶλλον δὲ τοῦ παντὸς ἦν ἄξιον, εἰ μεταπλάσαι καὶ μετακοσμῆσαι τὰ τηλικαῦτα[4] ἠδύνατο, ἢ ἐκ μολύβδου χρυσὸν ἀποφῆναι ἢ ἄργυρον ἐκ κασσιτέρου, ἢ ἀπὸ Κόνωνος Τίτορμον, ἢ ἀπὸ Λεωτροφίδου Μίλωνα ἐξεργάσασθαι.

XXXV

Les préceptes de l'auteur ne feront pas du premier venu un historien, mais ils montreront la route.

Ἀλλὰ ποῦ τὸ τῆς τέχνης καὶ τὸ τῆς συμβουλῆς χρήσιμον; Οὐκ ἐς ποίησιν τῶν προσόντων[5], ἀλλ' ἐς χρῆσιν αὐτῶν τὴν προσήκουσαν· οἷόν τι[6] ἀμέλει καὶ Ἴκκος καὶ Ἡρόδικος καὶ Θέων, καὶ εἴ τις ἄλλος[7] γυμναστής, οὐχ ὑπόσχοιντο ἄν σοι

1. **Οἴκοθεν ἔχοντα ἥκειν.** Venir ayant de soi-même, c'est-à-dire posséder.

2. **Ἄτεχνα**, sous-entendu ἐστί, ne dépendent pas de l'art.

3. **Βιβλίον.** Construisez : τοῦτο ἡμῖν τὸ βιβλίον οὔ φησιν ἀποφαίνειν συνετοὺς καὶ ὀξεῖς τοὺς μὴ (ὄντας) τοιούτους...

4. **Τὰ τηλικαῦτα**, les choses aussi grandes, les facultés de l'esprit.

5. **Τῶν προσόντων**, les avantages naturels.

6. **Οἷόν τι**, de même que.

7. **Εἴ τις ἄλλος**, comme en latin *si quis*, un autre.

τοῦτον Περδίκκαν παραλαβόντες ἀποφαίνειν Ὀλυμπιονίκην, καὶ Θεαγένει τῷ Θασίῳ ἢ Πολυδάμαντι τῷ Σκοτουσσαίῳ ἀντίπαλον, ἀλλὰ τὴν δοθεῖσαν ὑπόθεσιν[1] εὐφυᾶ[2] πρὸς ὑποδοχὴν τῆς γυμναστικῆς πολὺ ἀμείνω ἀποφαίνειν μετὰ τῆς τέχνης. Ὥστε ἀπέστω καὶ ἡμῶν τὸ ἐπίφθονον τοῦτο τῆς ὑποσχέσεως[3], εἰ τέχνην φαμὲν ἐφ' οὕτω μεγάλῳ καὶ χαλεπῷ τῷ πράγματι ἐφευρηκέναι. Οὐ γὰρ ὀντινοῦν παραλαβόντες ἀποφαίνειν συγγραφέα φαμὲν, ἀλλὰ τῷ φύσει συνετῷ καὶ ἄριστα πρὸς λόγους ἠσκημένῳ ὑποδείξειν ὁδούς τινας ὀρθὰς, εἰ δὴ τοιαῦται φαίνονται, αἷς χρώμενος θᾶττον ἂν καὶ εὐμαρέστερον τελέσειεν ἄχρι καὶ πρὸς τὸν σκοπόν.

XXXVI

L'homme le plus intelligent a besoin d'apprendre.

Καίτοι οὐ γὰρ ἂν φαίης ἀπροσδεῆ τὸν συνετὸν εἶναι τῆς τέχνης καὶ διδασκαλίας ὧν ἀγνοεῖ· ἐπεὶ κἂν ἐκιθάριζε μὴ μαθὼν καὶ ηὔλει, καὶ πάντα ἂν ἠπίστατο. Νῦν δὲ[4] μὴ μαθὼν οὐκ ἄν τι αὐτῶν χειρουργήσειεν· ὑποδείξαντος δέ τινος, ῥᾷστά τε ἂν μάθοι καὶ εὖ μεταχειρίσαιτο ἐφ' αὑτοῦ[5].

XXXVII

L'historien doit connaître les affaires civiles et l'art de la guerre.

Καὶ τοίνυν καὶ ἡμῖν τοιοῦτός τις ὁ μαθητὴς νῦν παραδεδόσθω, συνιέναι τε καὶ εἰπεῖν οὐκ ἀγεννὴς, ἀλλ' ὀξὺ δεδορκὼς[6], οἷος

1. Τὴν δοθεῖσαν ὑπόθεσιν, le sujet qui leur a été confié.
2. Εὐφυᾶ. Voir Gram., § 43, remarque.
3. Τὸ ἐπίφθονον τοῦτο τῆς ὑποσχέσεως, cette promesse blâmable.
4. Νῦν δὲ, dans les phrases qui s'opposent à des propositions conditionnelles, signifie mais, au lieu que. En latin, *nunc*, *nunc vero*.
5. Ἐφ' αὑτοῦ, de lui-même, tout seul, *per se*.
6. Ὀξὺ δεδορκώς. Horace a dit :

καὶ πράγμασι χρήσασθαι[1] ἄν, εἰ ἐπιτραπείη, καὶ γνώμην στρατιωτικήν, ἀλλὰ[2] μετὰ τῆς πολιτικῆς καὶ ἐμπειρίαν στρατηγικὴν ἔχειν, καὶ νὴ Δία καὶ ἐν στρατοπέδῳ γεγονώς ποτε, καὶ γυμναζομένους ἢ ταττομένους στρατιώτας ἑωρακώς, καὶ ὅπλα εἰδώς, καὶ μηχανήματα ἔνια, καὶ τί ἐπὶ κέρως καὶ τί ἐπὶ μετώπου[3], πῶς οἱ λόχοι, πῶς οἱ ἱππεῖς καὶ πόθεν[4], καὶ τί ἐξελαύνειν ἢ περιελαύνειν· καὶ ὅλως οὐ τῶν κατοικιδίων τις, οὐδ' οἷος πιστεύειν μόνον τοῖς ἀπαγγέλλουσι.

XXXVIII

L'historien doit être indépendant, ne craindre personne, n'espérer rien.

Μάλιστα δὲ καὶ πρὸ τῶν πάντων ἐλεύθερος ἔστω τὴν γνώμην, καὶ μήτε φοβείσθω μηδένα, μήτε ἐλπιζέτω μηδέν· ἐπεὶ ὅμοιος ἔσται τοῖς φαύλοις δικασταῖς, πρὸς χάριν ἢ πρὸς ἀπέχθειαν ἐπὶ μισθῷ δικάζουσιν. Ἀλλὰ μὴ μελέτω αὐτῷ μήτε Φίλιππος ἐκκεκομμένος τὸν ὀφθαλμὸν[5] ὑπὸ Ἀστέρος τοῦ Ἀμφιπολίτου τοῦ τοξότου ἐν Ὀλύνθῳ, ἀλλὰ τοιοῦτος οἷος ἦν δειχθήσεται· μήτ'[6] εἰ Ἀλέξανδρος ἀνιάσεται ἐπὶ τῇ Κλείτου σφαγῇ ὠμῶς ἐν τῷ συμποσίῳ γενομένῃ, εἰ σαφῶς ἀναγράφοιτο. Οὐδὲ Κλέων αὐτὸν φοβήσει, μέγα ἐν τῇ ἐκκλησίᾳ δυνάμενος καὶ κατέχων τὸ βῆμα, ὡς μὴ εἰπεῖν ὅτι ὀλέθριος καὶ μανικὸς ἄνθρωπος οὗτος ἦν· οὐδὲ ἡ σύμπασα πόλις τῶν Ἀθηναίων, ἢν τὰ ἐν Σικελίᾳ κακὰ ἱστορῇ, καὶ τὴν Δημοσθένους λῆψιν, καὶ τὴν Νικίου

cernis acutum. Dans les deux langues, l'adjectif neutre est employé adverbialement.

1. Πράγμασι χρήσασθαι, traiter les affaires.

2. Ἀλλά, bien plus.

3. Ἐπὶ μετώπου. Sous-entendu ἄγειν. Voir chap. XXIX, note 10.

4. Πόθεν. Le verbe est sous-entendu, comment ils se forment.

5. Τὸν ὀφθαλμόν. Lucien fait sans doute allusion à la flatterie d'Apelle, qui imagina de peindre Philippe de profil, parce qu'il était borgne.

6. Μήτε. Sous-entendu μελέτω αὐτῷ.

τελευτὴν, καὶ ὡς ἐδίψων, καὶ οἷον τὸ ὕδωρ ἔπινον, καὶ ὡς ἐφονεύοντο πίνοντες οἱ πολλοί[1]. Ἡγήσεται γὰρ (ὅπερ δικαιότατον) ὑπ' οὐδενὸς τῶν νοῦν ἐχόντων αὐτὸς ἕξειν τὴν αἰτίαν, ἢν τὰ δυστυχῶς ἢ ἀνοήτως γεγενημένα ὡς ἐπράχθη διηγῆται. Οὐ γὰρ ποιητὴς[2] αὐτῶν, ἀλλὰ μηνυτὴς ἦν. Ὥστε κἂν καταναυμαχῶνται[3] τότε, οὐκ ἐκεῖνος ὁ καταδύων ἐστὶ, κἂν φεύγωσιν, οὐκ ἐκεῖνος ὁ διώκων· ἐκτὸς εἰ μὴ[4], εὔξασθαι δέον, μή[5] τι παρέλιπεν[6]· ἐπεί τοί γε εἰ σιωπήσας αὐτὰ ἢ πρὸς τοὐναντίον εἰπὼν ἐπανορθώσασθαι ἐδύνατο, ῥᾷστον ἦν ἑνὶ καλάμῳ λεπτῷ[7] τὸν Θουκυδίδην ἀνατρέψαι μὲν τὸ ἐν ταῖς Ἐπιπολαῖς παρατείχισμα, καταδῦσαι δὲ τὴν Ἑρμοκράτους τριήρη, καὶ τὸν κατάρατον Γύλιππον διαπεῖραι μεταξὺ[8] ἀποτειχίζοντα καὶ ἀποταφρεύοντα τὰς ὁδοὺς, καὶ τέλος Συρακουσίους μὲν εἰς τὰς λιθοτομίας ἐμβαλεῖν, τοὺς δ' Ἀθηναίους[9] περιπλεῖν Σικελίαν καὶ Ἰταλίαν μετὰ[10] τῶν πρώτων τοῦ Ἀλκιβιάδου ἐλπίδων. Ἀλλ', οἶμαι, τὰ μὲν πραχθέντα οὐδὲ Κλωθὼ ἂν ἔτι ἀνακλώσειεν, οὐδὲ Ἄτροπος μετατρέψειε.

1. Οἱ πολλοί. Les soldats athéniens, pressés par la soif, buvaient avidement l'eau bourbeuse et ensanglantée du fleuve Asinare, sans souci des traits qui pleuvaient sur eux.

2. Ποιητής, pris dans son sens étymologique, signifie créateur, auteur.

3. Καταναυμαχῶνται a pour sujet sous-entendu οἱ Ἀθηναῖοι.

4. Ἐκτὸς εἰ μή, tout au plus.

5. Μή. Ce second μή n'est que la répétition du premier.

6. Παρέλιπεν. Allusion à un passage de la troisième Olynthienne. Démosthènes, après avoir reproché aux Athéniens leur mollesse, ajoute : « Parler ainsi n'est pas un mal, à moins que vous ne lui reprochiez que, quand il fallait prier, il a négligé de le faire. »

7. Ἑνὶ καλάμῳ λεπτῷ, d'un trait de plume.

8. Μεταξύ, pendant que.

9. Τοὺς Ἀθηναίους, sujet de περιπλεῖν, est amené par ῥᾷστον ἦν.

10. Μετά, suivant.

XXXIX

L'historien ne doit ni avoir peur ni attendre les récompenses, n'écouter ni ses haines ni ses amitiés, mais n'avoir en vue que la vérité et la postérité.

Τοῦ δὴ συγγραφέως ἔργον ἕν, ὡς ἐπράχθη εἰπεῖν. Τοῦτο δ' οὐκ ἂν δύναιτο, ἄχρις ἂν ἢ φοβῆται Ἀρταξέρξην, ἰατρὸς[1] αὐτοῦ ὤν, ἢ ἐλπίζῃ κάνδυν πορφυροῦν[2] καὶ στρεπτὸν χρυσοῦν καὶ ἵππον τῶν Νισαίων λήψεσθαι μισθὸν τῶν ἐν τῇ γραφῇ ἐπαίνων. Ἀλλ' οὐ Ξενοφῶν αὐτὸ ποιήσει, δίκαιος συγγραφεὺς, οὐδὲ Θουκυδίδης. Ἀλλὰ κἂν ἰδίᾳ μισῇ[3] τινὰς, πολὺ ἀναγκαιότερον ἡγήσεται τὸ κοινὸν, καὶ τὴν ἀλήθειαν περὶ πλείονος ποιήσεται τῆς ἔχθρας· κἂν φιλῇ, ὅμως οὐκ ἀφέξεται ἁμαρτάνοντος. Ἓν γὰρ, ὡς ἔφην, τοῦτο ἴδιον ἱστορίας, καὶ μόνῃ θυτέον τῇ ἀληθείᾳ, εἴ τις ἱστορίαν γράψων ἴῃ, τῶν δὲ ἄλλων ἁπάντων ἀμελητέον αὐτῷ. Καὶ ὅλως πῆχυς εἷς καὶ μέτρον ἀκριβὲς, ἀποβλέπειν μὴ εἰς τοὺς νῦν ἀκούοντας, ἀλλ' εἰς τοὺς μετὰ ταῦτα συνεσομένους τοῖς συγγράμμασιν.

XL

Il faut éviter la flatterie. Les éloges font douter de la véracité de l'historien.

Εἰ δὲ τὸ παραυτίκα τις θεραπεύοι, τῆς τῶν κολακευόντων μερίδος εἰκότως ἂν νομισθείη, οὓς πάλαι ἡ ἱστορία ἐξ ἀρχῆς εὐθὺς ἀπέστραπτο, οὐ μεῖον ἢ κομμωτικὴν ἡ γυμναστική. Ἀλεξάνδρου γοῦν καὶ τοῦτο ἀπομνημονεύουσιν, ὡς· « Ἡδέως ἂν, ἔφη, πρὸς

1. Ἰατρός. Allusion à Ctésias de Cnide, médecin d'Artaxerxès Mnémon, qui avait introduit dans son *Histoire de Perse* beaucoup de fables pour flatter son maître.

2. Πορφυροῦν. La robe de pourpre, le collier d'or et le cheval de Nisée, privilèges royaux, étaient la distinction suprême.

3. Μισῇ a pour sujet ὁ συγγραφεύς.

ὀλίγον[1] ἀνεβίουν, ὦ Ὀνησίκριτε, ἀποθανὼν, ὡς μάθοιμι ὅπως ταῦτα[2] οἱ ἄνθρωποι τότε ἀναγιγνώσκουσιν[3]. Εἰ δὲ νῦν αὐτὰ ἐπαινοῦσι καὶ ἀσπάζονται, μὴ θαυμάσῃς· οἴονται γὰρ οὐ μικρῷ τινὶ τῷ δελέατι τούτῳ ἀνασπάσειν ἕκαστος τὴν παρ' ἡμῶν εὔνοιαν. » Ὁμήρῳ γοῦν, καίτοι πρὸς τὸ μυθῶδες τὰ πλεῖστα συγγεγραφότι ὑπὲρ τοῦ Ἀχιλλέως, ἤδη καὶ πιστεύειν τινὲς ὑπάγονται, μόνον τοῦτο εἰς ἀπόδειξιν τῆς ἀληθείας μέγα τεκμήριον τιθέμενοι, ὅτι μὴ περὶ ζῶντος ἔγραφεν· οὐ γὰρ εὑρίσκουσιν οὕτινος ἕνεκα[4] ἐψεύδετ' ἄν.

XLI

Qualités morales nécessaires à l'historien.

Τοιοῦτος οὖν μοι ὁ συγγραφεὺς ἔστω, ἄφοβος, ἀδέκαστος, ἐλεύθερος, παῤῥησίας καὶ ἀληθείας φίλος, ὡς ὁ Κωμικός[5] φησι, τὰ σῦκα σῦκα, τὴν σκάφην δὲ σκάφην ὀνομάζων[6], οὐ μίσει οὐδὲ φιλίᾳ νέμων[7], οὐδὲ φειδόμενος ἢ ἐλεῶν ἢ αἰσχυνόμενος ἢ δυσωπούμενος· ἴσος δικαστὴς, εὔνους ἅπασιν, ἄχρι τοῦ μὴ[8] θατέρῳ τι ἀπονεῖμαι πλεῖον τοῦ δέοντος, ξένος[9] ἐν τοῖς βιβλίοις καὶ ἄπολις, αὐτόνομος, ἀβασίλευτος, οὐ τί τῷδε ἢ τῷδε δόξει λογιζόμενος, ἀλλὰ τί πέπρακται λέγων.

1. **Πρὸς ὀλίγον, quelque temps après ma mort.**
2. **Ταῦτα, tes écrits.**
3. **Ἀναγιγνώσκουσιν, comment on lit après ma mort, c'est-à-dire comment on lira.**
4. **Ἕνεκα se place après son régime.**
5. **Κωμικός, peut-être Aristophane.**
6. **Ὀνομάζων. Boileau a dit dans le même sens : « J'appelle un chat un chat, et Rolet un fripon. »**
7. **Νέμων, sous-entendu τι.**
8. **Ἄχρι τοῦ μή, bienveillant, jusqu'à ne pas, c'est-à-dire mais non pas jusqu'à...**
9. **Ξένος, étranger à son pays dans ses livres. C'est aussi l'opinion de Polybe et de Fénelon. « Le bon historien n'est d'aucun temps ni d'aucun pays. » (Lettre à l'Académie.)**

XLII

Opinion de Thucydide sur les devoirs de l'historien. Pour être utile, il doit être véridique.

Ὁ δ' οὖν Θουκυδίδης εὖ μάλα τοῦτο ἐνομοθέτησε, καὶ διέκρινεν ἀρετὴν καὶ κακίαν συγγραφικὴν[1], ὁρῶν μάλιστα θαυμαζόμενον τὸν Ἡρόδοτον, ἄχρι τοῦ καὶ[2] Μούσας κληθῆναι αὐτοῦ τὰ βιβλία· κτῆμά[3] τε γάρ φησι μᾶλλον ἐς ἀεὶ συγγράφειν ἤπερ ἐς τὸ παρὸν ἀγώνισμα[4], καὶ μὴ τὸ μυθῶδες[5] ἀσπάζεσθαι, ἀλλὰ τὴν ἀλήθειαν τῶν γεγενημένων ἀπολείπειν τοῖς ὕστερον· καὶ ἐπάγει τὸ χρήσιμον καὶ ὃ τέλος ἄν τις εὖ φρονῶν ὑπόθοιτο ἱστορίας, ὡς, εἴ ποτε καὶ αὖθις τὰ ὅμοια καταλάβοι, ἔχοιεν[6], φησὶ, πρὸς τὰ προγεγραμμένα ἀποβλέποντες, εὖ χρῆσθαι[7] τοῖς ἐν ποσί.

XLIII

Qualités du style historique.

Καὶ τὴν μὲν γνώμην τοιαύτην ἔχων ὁ συγγραφεὺς ἡκέτω μοι· τὴν δὲ φωνὴν[8], καὶ τὴν τῆς ἑρμηνείας ἰσχὺν, τὴν μὲν σφοδρὰν ἐκείνην καὶ κάρχαρον, καὶ συνεχῆ ταῖς περιόδοις[9] καὶ

1. Συγγραφικήν. Une bonne et une mauvaise manière d'écrire l'histoire.

2. Hérodote lui-même raconte (livre Ier, I) comment l'enthousiasme de ses auditeurs aux jeux olympiques donna aux neuf livres de son histoire le nom des neuf Muses.

3. Κτῆμα ἐς ἀεί. Voir chap. V, note 4.

4. Ἀγώνισμα, un ouvrage composé pour un concours. Ce mot, employé dédaigneusement par Thucydide, fait allusion à la lecture qu'Hérodote fit de son histoire aux Grecs réunis à Olympie.

5. Τὸ μυθῶδες. Allusion aux récits fabuleux d'Hérodote.

6. Ἔχοιεν a pour sujet οἱ ὕστερον.

7. Εὖ χρῆσθαι, tirer heureusement parti de...

8. Φωνήν. Cet accusatif et les suivants dépendent de τεθηγμένος, avec ellipse de κατά.

9. Συνεχῆ ταῖς περιόδοις, de périodes continuelles.

ἀγκύλην ταῖς ἐπιχειρήσεσι[1], καὶ τὴν ἄλλην τῆς ῥητορείας δεινότητα μὴ κομιδῇ τεθηγμένος ἀρχέσθω τῆς γραφῆς, ἀλλ' εἰρηνικώτερον διακείμενος. Καὶ ὁ μὲν νοῦς σύστοιχος ἔστω καὶ πυκνὸς[2], ἡ λέξις δὲ σαφὴς καὶ πολιτική[3], οἷα ἐπισημότατα δηλοῦν τὸ ὑποκείμενον[4].

XLIV

Le style doit être simple, compris de tout le monde et loué par les habiles.

Ὡς γὰρ τῇ γνώμῃ τοῦ συγγραφέως σκοποὺς ὑπεθέμεθα παῤῥησίαν καὶ ἀλήθειαν, οὕτω δὲ καὶ τῇ φωνῇ αὐτοῦ εἷς σκοπὸς ὁ πρῶτος[5], σαφῶς δηλῶσαι καὶ φανότατα ἐμφανίσαι τὸ πρᾶγμα, μήτε ἀποῤῥήτοις καὶ ἔξω πάτου ὀνόμασι, μήτε τοῖς ἀγοραίοις τούτοις καὶ καπηλικοῖς, ἀλλ' ὡς μὲν τοὺς πολλοὺς συνιέναι[6], τοὺς δὲ πεπαιδευμένους ἐπαινέσαι. Καὶ μὴν καὶ σχήμασι κεκοσμήσθω ἀνεπαχθέσι[7] καὶ τὸ ἀνεπιτήδευτον[8] μάλιστα ἔχουσιν· ἐπεὶ τοῖς κατηρτυμένοις[9] τῶν ζωμῶν ἐοικότας ἀποφαίνει[10] τοὺς λόγους.

1. Ἀγκύλην ταῖς ἐπιχειρήσεσι, de raisonnements serrés.

2. Νοῦς σύστοιχος καὶ πυκνός, pensée suivie et nourrie.

3. Πολιτική, propre aux affaires.

4. Τὸ ὑποκείμενον, le sujet, les faits.

5. Εἷς σκοπὸς ὁ πρῶτος. Idiotisme pareil au latin : *vir unus doctissimus*. On peut traduire ici : le premier, l'unique but.

6. Ὡς τοὺς πολλοὺς συνιέναι. Proposition infinitive. Ὡς, de manière à...

7. Ἀνεπαχθέσι, point choquantes.

8. Τὸ ἀνεπιτήδευτον, sans recherche.

9. Κατηρτυμένοις, (trop) assaisonnés

10. Ἀποφαίνει a pour sujet τὰ σχήματα.

XLV

Le souffle poétique n'est pas interdit à l'historien, mais le style ne doit pas cesser d'être sobre et contenu.

Καὶ ἡ μὲν γνώμη κοινωνείτω καὶ προσαπτέσθω τι καὶ ποιητικῆς, παρ' ὅσον[1] μεγαλήγορος καὶ διηρμένη, καὶ ἐκείνη, καὶ μάλισθ' ὁπόταν παρατάξεσι καὶ μάχαις καὶ ναυμαχίαις συμπλέκηται. Δεήσει γὰρ τότε ποιητικοῦ τινὸς ἀνέμου ἐπουριάσοντος τὰ ἀκάτια καὶ συνδιοίσοντος ὑψηλὴν καὶ ἐπ' ἄκρων τῶν κυμάτων τὴν ναῦν. Ἡ λέξις δὲ ὅμως ἐπὶ γῆς βεβηκέτω, τῷ μὲν κάλλει καὶ τῷ μεγέθει τῶν λεγομένων συνεπαιρομένη καὶ ὡς ἔνι[2] μάλιστα ὁμοιουμένη, μὴ ξενίζουσα δὲ μηδ' ὑπὲρ τὸν καιρὸν ἐνθουσιῶσα[3]· κίνδυνος γὰρ αὐτῇ τότε μέγιστος παρακινῆσαι καὶ κατενεχθῆναι ἐς τὸν τῆς ποιητικῆς κορύβαντα[4], ὥστε μάλιστα πειστέον τηνικαῦτα τῷ χαλινῷ καὶ σωφρονητέον, εἰδότας[5] ὡς ἱπποτυφία[6] τις καὶ ἐν λόγοις πάθος οὐ μικρὸν γίγνεται. Ἄμεινον οὖν ἐφ' ἵππου ὀχουμένῃ τότε τῇ γνώμῃ τὴν ἑρμηνείαν πεζῇ συμπαραθεῖν[7], ἐχομένην τοῦ ἐφιππίου, ὡς μὴ ἀπολείποιτο τῆς φορᾶς.

1. Παρ' ὅσον, en tant que.
2. Ἔνι pour ἔνεστι.
3. Μηδ' ἐνθουσιῶσα, sans se jeter dans un enthousiasme inopportun.
4. Κορύβαντα. Les Corybantes, prêtres de Cybèle, célébraient leurs fêtes par des danses frénétiques. Κορύβαντα est ici un substantif commun qui signifie délire.
5. Εἰδότας se rapporte à τοὺς συγγραφεῖς sous-entendu.
6. Ἱπποτυφία..... que, comme dans les chevaux, la fougue dans le style n'est pas...
7. Συμπαραθεῖν. Construisez : ἄμεινον τὴν ἑρμηνείαν συμπαραθεῖν πεζῇ τῇ γνώμῃ. La métaphore se continue depuis τῷ χαλινῷ.

XLVI

La prose a une harmonie particulière, distincte de celle de la poésie.

Καὶ μὴν καὶ[1] συνθήκῃ τῶν ὀνομάτων εὐκράτῳ καὶ μέσῃ χρηστέον, οὔτε ἄγαν ἀφιστάντα[2] καὶ ἀπαρτῶντα (τραχὺ γάρ), οὔτε ῥυθμῷ παρ' ὀλίγον[3], ὡς οἱ πολλοί, συνάπτοντα. Τὸ μὲν γὰρ ἐπαίτιον, τὸ δ' ἀηδὲς τοῖς ἀκούουσι.

XLVII

Il faut soumettre les faits à une critique sévère. Si l'historien ne les a pas vus, il ne s'en rapportera qu'à des témoins dignes de foi.

Τὰ δὲ πράγματα αὐτὰ οὐχ ὡς ἔτυχε[4] συνακτέον, ἀλλὰ φιλοπόνως καὶ ταλαιπώρως πολλάκις περὶ τῶν αὐτῶν ἀνακρίνοντα, καὶ μάλιστα[5] μὲν παρόντα καὶ ἐφορῶντα, εἰ δὲ μή, τοῖς ἀδεκαστότερον[6] ἐξηγουμένοις προσέχοντα, καὶ οὓς εἰκάσειεν ἄν τις ἥκιστα πρὸς χάριν ἢ ἀπέχθειαν ἀφαιρήσειν ἢ προσθήσειν τοῖς γεγονόσι. Κἀνταῦθα ἤδη καὶ στοχαστικός τις καὶ συνθετικὸς[7] τοῦ πιθανωτέρου ἔστω.

XLVIII

Quand les faits seront rassemblés, il faudra introduire dans ce corps informe l'ordre et le coloris du style.

Καὶ ἐπειδὰν ἀθροίσῃ ἅπαντα[8] ἢ τὰ πλεῖστα, πρῶτα μὲν ὑπόμνημά τι συνυφαινέτω αὐτῶν, καὶ σῶμα ποιείτω ἀκαλλὲς

1. Καὶ μὴν καὶ, de plus, encore.
2. Ἀφιστάντα, sous-entendu τὸν συγγραφέα amené par χρηστέον.
3. Ῥυθμῷ παρ' ὀλίγον, presque le rhythme poétique.
4. Ὡς ἔτυχε, comme ils se rencontrent, au hasard.
5. Καὶ μάλιστα, autant que possible.
6. Ἀδεκαστότερον, comparatif d'élégance qui équivaut à un superlatif.
7. Συνθετικός, capable de rassembler...
8. Ἅπαντα, tous les faits.

ἔτι καὶ ἀδιάρθρωτον. Εἶτα ἐπιθεὶς τὴν τάξιν, ἐπαγέτω τὸ κάλλος, καὶ χρωννύτω τῇ λέξει, καὶ σχηματιζέτω[1], καὶ ῥυθμιζέτω[2].

XLIX

Conseils pour bien raconter les batailles.

Καὶ ὅλως ἐοικέτω τότε τῷ τοῦ Ὁμήρου Διὶ, ἄρτι μὲν τὴν τῶν ἱπποπόλων Θρῃκῶν γῆν ὁρῶντι, ἄρτι δὲ τὴν Μυσῶν. Κατὰ[3] ταῦτα γὰρ καὶ αὐτὸς ἄρτι μὲν τὰ Ῥωμαίων ἴδια ὁράτω, καὶ δηλούτω ἡμῖν οἷα ἐφαίνετο αὐτῷ ἀφ' ὑψηλοῦ[4] ὁρῶντι, ἄρτι δὲ τὰ Περσῶν, εἶτ' ἀμφότερα, εἰ μάχοιντο. Καὶ ἐν αὐτῇ δὲ τῇ παρατάξει μὴ πρὸς ἓν μέρος ὁράτω, μηδ' ἐς ἕνα ἱππέα ἢ πεζὸν, εἰ μὴ Βρασίδας τις εἴη προπηδῶν, ἢ Δημοσθένης[5] ἀνακόπτων τὴν ἐπίβασιν· ἐς τοὺς στρατηγοὺς μὲν τὰ πρῶτα[6], καὶ εἴ τι παρεκελεύσαντο[7] κἀκεῖνο ἀκουέσθω, καὶ ὅπως καὶ ἥτινι γνώμῃ καὶ ἐπινοίᾳ ἔταξαν. Ἐπειδὰν δὲ ἀναμιχθῶσι, κοινὴ ἔστω ἡ θέα[8], καὶ ζυγοστατείτω τότε ὥσπερ ἐν τρυτάνῃ τὰ γιγνόμενα, καὶ συνδιωκέτω καὶ συμφευγέτο.

L

Que l'historien passe rapidement d'un lieu à un autre et ne se laisse pas devancer par les événements.

Καὶ πᾶσι τούτοις μέτρον ἐπέστω[9], μὴ ἐς κόρον μηδὲ ἀπειροκάλως μηδὲ νεαρῶς, ἀλλὰ ῥᾳδίως ἀπολυέσθω[10]· καὶ στήσας

1. Σχηματιζέτω, l'éclat des figures.
2. Ῥυθμιζέτω, l'harmonie du style.
3. Κατὰ ταῦτα, de même.
4. Ἀφ' ὑψηλοῦ, du point élevé où il se place.
5. Δημοσθένης. Allusion aux incidents du combat naval de Pylos (Thucydide, liv. IV, chap. XII).
6. Τὰ πρῶτα. Sous-entendu ὁράτω.
7. Παρεκελεύσαντο. Donner un ordre.
8. Ἡ θέα. Qu'il embrasse tout du regard.
9. Ἐπέστω, Boileau a dit dans le même sens : « Qui ne sait se borner ne sut jamais écrire. »
10. Ἀπολυέσθω, qu'il se tire de sa narration.

ἐνταῦθά που ταῦτα, ἐπ' ἐκεῖνα μεταβαινέτω, ἢν κατεπείγῃ[1]· εἶτα ἐπανίτω λυθείς, ὁπόταν ἐκεῖνα καλῇ· καὶ πρὸς πάντα σπευδέτω, καὶ ὡς δυνατὸν ὁμοχρονείτω[2], καὶ μεταπετέσθω ἀπ' Ἀρμενίας μὲν εἰς Μηδίαν, ἐκεῖθεν δὲ ῥοιζήματι ἑνὶ[3] ἐς Ἰβηρίαν, εἶτα ἐς Ἰταλίαν, ὡς μηδενὸς καιροῦ ἀπολείποιτο.

LI

L'historien n'a point à chercher ce qu'il doit dire, mais comment il doit dire. L'ouvrage est parfait quand le lecteur croit avoir été témoin des faits racontés.

Μάλιστα δὲ κατόπτρῳ ἐοικυῖαν παρασχέσθω τὴν γνώμην ἀθόλῳ καὶ στιλπνῷ καὶ ἀκριβεῖ τὸ κέντρον[4], καὶ ὁποίας ἂν δέξηται τὰς μορφὰς τῶν ἔργων, τοιαῦτα καὶ δεικνύτω αὐτὰ[5], διάστροφον δὲ ἢ παράχρουν ἢ ἑτερόσχημον μηδέν· οὐ γὰρ ὥσπερ τοῖς ῥήτορσι γράφουσιν[6], ἀλλὰ τὰ μὲν λεχθησόμενα ἔστι[7] καὶ εἰρήσεται[8]· πέπρακται γὰρ ἤδη. Δεῖ δὲ τάξαι καὶ εἰπεῖν αὐτά· ὥστε οὐ τί εἴπωσι ζητητέον αὐτοῖς, ἀλλ' ὅπως εἴπωσιν. Ὅλως δὲ νομιστέον τὸν ἱστορίαν συγγράφοντα Φειδίᾳ ἢ Πραξιτέλει χρῆναι

1. Ἢν κατεπείγῃ, si le sujet le presse, s'il y a urgence.

2. Ὁμοχρονείτω, qu'il soit partout en même temps.

3. Ῥοιζήματι ἑνί, d'un seul sifflement (de trait), d'un seul trait, d'un trait.

4. Τὸ κέντρον. Il ne peut être ici question que des miroirs concaves ou convexes, en métal, et dans lesquels l'exactitude du centre a une importance considérable. Comme ces miroirs donnent une image très inexacte des objets, il est possible que les mots τὸ κέντρον aient été ajoutés par un commentateur ignorant.

5. Δεικνύτω αὐτὰ τοιαῦτα ὁποίας μορφάς τῶν ἔργων... Sous-entendu ἔργα.

6. Γράφουσιν. Les historiens n'écrivent pas comme on écrit pour les rhéteurs, c'est-à-dire comme dans les écoles des rhéteurs, ou encore comme les rhéteurs. Γράφουσι qui suit trois verbes au singulier est au pluriel par syllepse. Lucien avait en vue non un historien, mais les historiens.

7. Ἔστι, existent. Remarquez l'accentuation dans ce sens.

8. Εἰρήσεται. Doivent être racontés (tels qu'ils sont).

ἐοικέναι Ἀλκαμένει ἤ τῳ[1] ἄλλῳ ἐκείνων. Οὐδὲ γὰρ οὐδ'[2] ἐκεῖνοι χρυσὸν ἢ ἄργυρον ἢ ἐλέφαντα[3] ἢ τὴν ἄλλην ὕλην ἐποίουν· ἀλλ' ἡ μὲν ὑπῆρχε καὶ προϋπεβέβλητο, Ἠλείων ἢ Ἀθηναίων ἢ Ἀργείων πεπορισμένων· οἱ δὲ ἔπλαττον μόνον, καὶ ἔπριον τὸν ἐλέφαντα καὶ ἔξεον καὶ ἐκόλλων καὶ ἐῤῥύθμιζον καὶ ἐπήνθιζον τῷ χρυσῷ[4]· καὶ τοῦτο ἦν ἡ τέχνη αὐτοῖς, ἐς δέον οἰκονομήσασθαι[5] τὴν ὕλην. Τοιοῦτον δή τι καὶ τὸ τοῦ συγγραφέως ἔργον, εἰς καλὸν διαθέσθαι[6] τὰ πεπραγμένα, καὶ εἰς δύναμιν[7] ἐναργέστατα ἐπιδεῖξαι αὐτά. Καὶ ὅταν τις ἀκροώμενος οἴηται μετὰ ταῦτα ὁρᾶν τὰ λεγόμενα, καὶ μετὰ τοῦτο ἐπαινῇ, τότε δὴ τότε[8] ἀπηκρίβωται καὶ τὸν οἰκεῖον ἔπαινον ἀπείληφε[9] τὸ ἔργον τῷ τῆς ἱστορίας Φειδίᾳ.

LII

Un exorde n'est pas toujours indispensable ; la force même du récit peut quelquefois en tenir lieu.

Πάντων δὲ ἤδη παρεσκευασμένων, καὶ ἀπροοιμίαστον μέν ποτε ποιήσεται τὴν ἀρχὴν, ὁπόταν μὴ πάνυ κατεπείγῃ[10] τὸ πρᾶγμα προδιοικήσασθαί τι ἐν τῷ προοιμίῳ· δυνάμει[11] δὲ καὶ τότε φροιμίῳ χρήσεται, τῷ ἀποσαφοῦντι[12] περὶ τῶν λεκτέων.

1. Τῳ pour τινί. Voir Gram., § 53, remarque.

2. Οὐδὲ γὰρ οὐδ', négation redoublée. Voir Gram., § 232, remarque V.

3. Ἐλέφαντα, l'ivoire, qui est fourni par les éléphants. De même en latin, le même mot a les deux sens.

4. Τῷ χρυσῷ. L'ivoire s'employait pour les parties nues des statues antiques ; les draperies étaient dorées.

5. Οἰκονομήσασθαι, employer.

6. Εἰς καλὸν διαθέσθαι, donner une belle ordonnance.

7. Εἰς δύναμιν, autant que possible.

8. Τότε δὴ τότε, alors, certes alors... c'est assurément que...

9. Ἀπείληφε, même sens que *tulit* dans le vers connu d'Horace : *Omne tulit punctum qui miscuit utile dulci.*

10. Μὴ κατεπείγῃ προδιοικήσασθαί τι, ne demande pas d'éclaircissements préliminaires.

11. Δυνάμει. Voir chap. XXIII, note 8.

12. Τῷ ἀποσαφοῦντι. Datif neutre équivalant au gérondif en *do ;* par la clarté qu'il répandra sur les faits à raconter.

LIII

On ne sollicitera pas la bienveillance du lecteur, mais son attention par l'exposition des causes et la vue sommaire des événements.

Ὁπόταν δὲ καὶ φροιμιάζηται, ἀπὸ δυοῖν μόνον ἄρξεται, οὐχ, ὥσπερ οἱ ῥήτορες, ἀπὸ τριῶν[1], ἀλλὰ τὸ τῆς εὐνοίας παρεὶς, προσοχὴν καὶ εὐμάθειαν εὐπορήσει τοῖς ἀκούουσι. Προσέξουσι μὲν γὰρ αὐτῷ, ἢν δείξῃ ὡς περὶ μεγάλων ἢ ἀναγκαίων ἢ οἰκείων[2] ἢ χρησίμων ἐρεῖ. Εὐμαθῆ δὲ καὶ σαφῆ τὰ ὕστερα ποιήσει, τὰς αἰτίας προεκτιθέμενος καὶ περιορίζων τὰ κεφάλαια τῶν γεγενημένων.

LIV

Exordes d'Hérodote et de Thucydide.

Τοιούτοις προοιμίοις οἱ ἄριστοι τῶν συγγραφέων ἐχρήσαντο· Ἡρόδοτος μὲν[3], ὡς μὴ τὰ γενόμενα ἐξίτηλα τῷ χρόνῳ γένηται, μεγάλα καὶ θαυμαστὰ ὄντα, καὶ ταῦτα[4] νίκας Ἑλληνικὰς δηλοῦντα καὶ ἥττας βαρβαρικάς· Θουκυδίδης δὲ, μέγαν τε καὶ αὐτὸς ἐλπίσας ἔσεσθαι καὶ ἀξιολογώτατον καὶ μείζω τῶν προγεγενημένων ἐκεῖνον τὸν πόλεμον[5]· καὶ γὰρ παθήματα ἐν αὐτῷ μεγάλα ξυνέβη γενέσθαι.

1. Τριῶν, Ces trois points sont l'attention (προσοχὴν), la disposition à bien comprendre la suite des faits (εὐμάθειαν), et la bienveillance (τὸ τῆς εὐνοίας); ce dernier point est inutile à l'historien.

2. Οἰκείων, intéressants.

3. Ἡρόδοτος μέν. Sous-entendu συγγράψαι φησί.

4. Καὶ ταῦτα, et cela, *et quidem*, qui plus est, et surtout.

5. Τὸν πόλεμον. La guerre du Péloponnèse. Ἐκεῖνον est emphatique.

LV

Qualités de la narration historique. La clarté est produite par l'enchaînement des faits.

Μετὰ δὲ τὸ προοίμιον, ἀνάλογον[1] τοῖς πράγμασιν ἢ μηκυνόμενον ἢ βραχυνόμενον, εὐαφὴς καὶ εὐάγωγος ἔστω ἡ ἐπὶ τὴν διήγησιν μετάβασις. Ἅπαν γὰρ ἀτεχνῶς τὸ λοιπὸν σῶμα τῆς ἱστορίας διήγησις μακρά ἐστιν· ὥστε ταῖς τῆς διηγήσεως ἀρεταῖς κατακεκοσμήσθω, λείως τε καὶ ὁμαλῶς προϊοῦσα καὶ αὑτῇ ὁμοίως, ὥστε μὴ προὔχειν μήτε κοιλαίνεσθαι. Ἔπειτα τὸ σαφὲς ἐπανθείτω, τῇ λέξει, ὡς ἔφην[2], μεμηχανημένον καὶ τῇ συμπεριπλοκῇ[3] τῶν πραγμάτων. Ἀπόλυτα γὰρ καὶ ἐντελῆ πάντα ποιήσει[4], καὶ τὸ πρῶτον[5] ἐξεργασάμενος, ἐπάξει τὸ δεύτερον ἐχόμενον[6] αὐτοῦ καὶ ἁλύσεως τρόπον συνηρμοσμένον, ὡς μὴ διακεκόφθαι, μηδὲ διηγήσεις πολλὰς εἶναι ἀλλήλαις παρακειμένας, ἀλλ' ἀεὶ τὸ πρῶτον τῷ δευτέρῳ μὴ γειτνιᾶν μόνον, ἀλλὰ καὶ κοινωνεῖν καὶ ἀνακεκρᾶσθαι κατὰ τὰ ἄκρα[7].

LVI

La brièveté est toujours utile, surtout dans les sujets vastes. Tous les faits ne doivent pas être également développés.

Τάχος ἐπὶ πᾶσι χρήσιμον, καὶ μάλιστα εἰ μὴ ἀπορία τῶν λεκτέων εἴη· καὶ τοῦτο πορίζεσθαι χρὴ μὴ τοσοῦτον ἀπὸ τῶν ὀνομάτων ἢ ῥημάτων ὅσον ἀπὸ τῶν πραγμάτων· λέγω δὲ[8], εἰ

1. Ἀνάλογον, adverbe, suivant les faits.
2. Ὡς ἔφην. Voir chap. XLIV.
3. Συμπεριπλοκῇ, l'enchaînement des faits.
4. Ποιήσει a pour sujet ὁ συγγραφεύς.
5. Τὸ πρῶτον, le premier récit.
6. Ἐχόμενον, attaché.
7. Κατὰ τὰ ἄκρα, par leurs points de contact.
8. Λέγω δέ, je dis toutefois que...

παραθέοις μὲν τὰ μικρὰ καὶ ἧττον ἀναγκαῖα, λέγοις δὲ ἱκανῶς τὰ μεγάλα. Μᾶλλον δὲ [1] καὶ παραλειπτέον πολλά. Οὐδὲ [2] γὰρ ἢν ἑστιᾷς τοὺς φίλους, καὶ πάντα ᾖ παρεσκευασμένα διὰ τοῦτο, ἐν μέσοις τοῖς πέμμασι καὶ τοῖς ὀρνέοις καὶ λοπάσι τοσαύταις καὶ συσὶν ἀγρίοις καὶ λαγωοῖς καὶ ὑπογαστρίοις [3] καὶ σαπέρδην ἐνθήσεις καὶ ἔτνος, εἴ τι κἀκεῖνο παρεσκεύαστο· ἀμελήσεις δὲ τῶν εὐτελεστέρων.

LVII

Il faut de la sobriété dans les descriptions. Exemples d'Homère et de Thucydide.

Μάλιστα δὲ σωφρονητέον ἐν ταῖς τῶν ὀρῶν ἢ τειχῶν ἢ ποταμῶν ἑρμηνείαις, ὡς μὴ δύναμιν λόγων [4] ἀπειροκάλως παρεπιδείκνυσθαι δοκοίης καὶ τὸ σαυτοῦ δρᾶν [5], παρεὶς τὴν ἱστορίαν· ἀλλ' ὀλίγον προσαψάμενος, τοῦ χρησίμου καὶ σαφοῦς ἕνεκα, μεταβήσῃ, ἐκφυγὼν τὸν ἰξὸν τὸν ἐν τῷ πράγματι καὶ τὴν τοιαύτην ἅπασαν λιχνείαν [6], οἷον ὁρᾷς τι καὶ Ὅμηρος ὡς μεγαλόφρων ποιεῖ [7]· καίτοι ποιητὴς ὤν, παραθεῖ τὸν Τάνταλον καὶ τὸν Ἰξίονα καὶ Τιτυὸν καὶ τοὺς ἄλλους. Εἰ δὲ Παρθένιος ἢ Εὐφορίων ἢ Καλλίμαχος ἔλεγε, πόσοις ἂν οἴει ἔπεσι τὸ ὕδωρ ἄχρι πρὸς τὸ χεῖλος τοῦ Ταντάλου ἤγαγεν; εἶτα πόσοις ἂν Ἰξίονα ἐκύλισε; Μᾶλλον δὲ ὁ Θουκυδίδης αὐτὸς, ὀλίγα τῷ τοιούτῳ εἴδει τοῦ λόγου χρησάμενος, σκέψαι ὅπως εὐθὺς ἀφίσταται, ἢ μηχάνημα ἑρμηνεύσας, ἢ πολιορκίας σχῆμα δηλώσας, ἀναγ-

1. Μᾶλλον δέ, et même.
2. Οὐδέ. Cet οὐδέ porte sur le verbe ἐνθήσεις placé plus bas.
3. Ὑπογαστρίοις La tétine de truie passait pour un mets très délicat.
4. Δύναμιν λόγων, le beau langage.
5. Τὸ σαυτοῦ δρᾶν, s'occuper de tes affaires.
6. Λιχνείαν, et toutes ces amorces.
7. Ποιεῖ. Construisez: οἷον ὁρᾷς ὡς καὶ Ὅμηρος μεγαλόφρων τι ποιεῖ.

καῖον καὶ χρειῶδες ὄν, ἢ Ἐπιπολῶν σχῆμα ἢ Συρακουσίων λιμένα. Ὅταν μὲν γὰρ τὸν λοιμὸν διηγῆται, καὶ μακρὸς εἶναι δοκῇ, σὺ τὰ πράγματα ἐννόησον· εἴσῃ γὰρ οὕτω τὸ τάχος, καὶ ὡς φεύγοντος ὅμως ἐπιλαμβάνεται αὐτοῦ τὰ γεγενημένα, πολλὰ ὄντα.

LVIII

Les personnages tiendront des discours appropriés à leur caractère et aux événements. Dans ce cas, l'éloquence est permise.

Ἢν δέ ποτε καὶ λόγους ἐροῦντά τινα δεήσῃ εἰσάγειν, μάλιστα μὲν ἐοικότα τῷ προσώπῳ[1] καὶ τῷ πράγματι οἰκεῖα λεγέσθω· ἔπειτα ὡς σαφέστατα καὶ ταῦτα· πλὴν[2] ἀφεῖταί σοι τότε καὶ ῥητορεῦσαι καὶ ἐπιδεῖξαι τὴν τῶν λόγων δεινότητα[3].

LIX

Les éloges et les blâmes doivent être modérés et courts. Il ne faut pas imiter Théopompe.

Ἔπαινοι μὲν γὰρ ἢ ψόγοι πάνυ πεφεισμένοι καὶ περιεσκεμμένοι καὶ ἀσυκοφάντητοι, καὶ μετὰ ἀποδείξεων[4], καὶ ταχεῖς καὶ μὴ ἄκαιροι[5], ἐπεὶ ἔξω τοῦ δικαστηρίου[6] ἐκεῖνοί εἰσι· καὶ τὴν αὐτὴν Θεοπόμπῳ[7] αἰτίαν ἕξεις, φιλαπεχθημόνως κατηγοροῦντι

1. Προσώπῳ, le caractère.
2. Πλήν. Au reste.
3. Δεινότητα. Cet usage adopté par les historiens anciens de mettre dans la bouche de leurs personnages des discours fictifs est aujourd'hui condamné. Contraire à la vérité historique, il ne sert qu'à mettre en relief le talent de l'auteur.
4. Μετὰ ἀποδείξεων, avec des preuves à l'appui, justifiés.
5. Ἄκαιροι, sous-entendu ἔστωσαν.
6. Ἔξω τοῦ δικαστηρίου, l'historien n'est pas devant un tribunal (où l'avocat exagère le mérite de son client et ravale celui de son adversaire).
7. Θεοπόμπῳ. Ce datif est amené par τὴν αὐτήν. De même en latin. Horace a dit : *Invitum qui servat, idem facit occidenti.*

τῶν πλείστων, καὶ διατριβὴν ποιουμένῳ[1] τὸ πρᾶγμα, ὡς κατηγορεῖν μᾶλλον ἢ ἱστορεῖν τὰ πεπραγμένα.

LX

Les traits fabuleux peuvent être rapportés, mais sans chercher à y faire croire.

Καὶ μὴν καὶ μῦθος εἴ τις παρεμπέσοι, λεκτέος μὲν, οὐ μὴν πιστωτέος πάντως, ἀλλ' ἐν μέσῳ θετέος τοῖς ὅπως ἂν ἐθέλωσιν εἰκάσουσι περὶ αὐτοῦ· σὺ δ' ἀκίνδυνος καὶ πρὸς οὐδέτερον[2] ἐπιῤῥεπέστερος.

LXI

On doit écrire l'histoire, non pas en vue du présent, mais de l'avenir.

Τὸ δ' ὅλον[3] ἐκείνου μοι μέμνησο (πολλάκις γὰρ τὸ αὐτὸ ἐρῶ), καὶ μὴ πρὸς τὸ παρὸν μόνον ὁρῶν γράφε, ὡς οἱ νῦν[4] ἐπαινέσωνταί σε καὶ τιμήσωσιν, ἀλλὰ τοῦ σύμπαντος αἰῶνος ἐστοχασμένος, πρὸς τοὺς ἔπειτα μᾶλλον σύγγραφε, καὶ παρ' ἐκείνων ἀπαίτει τὸν μισθὸν τῆς γραφῆς, ὡς λέγηται καὶ περὶ σοῦ· « Ἐκεῖνος μέντοι ἐλεύθερος ἀνὴρ ἦν καὶ παῤῥησίας μεστός· οὐδὲν οὔτε κολακευτικὸν οὔτε δουλοπρεπὲς, ἀλλ' ἀλήθεια ἐπὶ πᾶσι. » Τοῦτ', εἰ σωφρονοίη τις, ὑπὲρ πάσας τὰς νῦν ἐλπίδας θεῖτο ἄν, οὕτως ὀλιγοχρονίους οὔσας.

1. Διατριβὴν ποιουμένῳ, se faisant un malin plaisir de...

2. Πρὸς οὐδέτερον, ni dans un sens ni dans l'autre, ni pour affirmer le fait, ni pour le nier.

3. Τὸ δ' ὅλον, en résumé.

4. Οἱ νῦν et plus bas τοὺς ἔπειτα, ceux d'aujourd'hui, ceux qui viendront ensuite, c'est-à-dire, les contemporains, la postérité.

LXII

Exemple de l'architecte Sostrate.

Ὁρᾷς τὸν Κνίδιον ἐκεῖνον ἀρχιτέκτονα, οἷον ἐποίησεν[1]; Οἰκοδομήσας[2] γὰρ τὸν ἐπὶ τῇ Φάρῳ πύργον, μέγιστον καὶ κάλλιστον ἔργων ἁπάντων, ὡς πυρσεύοιτο ἀπ' αὐτοῦ τοῖς ναυτιλλομένοις ἐπὶ πολὺ[3] τῆς θαλάττης, καὶ μὴ καταφέροιντο εἰς τὴν Παραιτονίαν, παγχάλεπον, ὥς φασιν, οὖσαν καὶ ἄφυκτον, εἴ τις ἐμπέσοι εἰς τὰ ἕρματα· οἰκοδομήσας οὖν τὸ ἔργον, ἔνδοθεν μὲν κατὰ τῶν λίθων τὸ αὐτοῦ ὄνομα ἐπέγραψεν· ἐπιχρίσας δὲ τιτάνῳ καὶ ἐπικαλύψας, ἐπέγραψε τοὔνομα τοῦ τότε βασιλεύοντος, εἰδώς, ὅπερ καὶ ἐγένετο, πάνυ ὀλίγου χρόνου συνεκπεσούμενα μὲν τῷ χρίσματι τὰ γράμματα, ἐκφανησόμενον[4] δέ· « Σώστρατος Δεξιφάνους[5] Κνίδιος θεοῖς σωτῆρσιν ὑπὲρ τῶν πλωϊζομένων. » Οὕτως οὐδ' ἐκεῖνος ἐς τὸν τότε καιρὸν οὐδὲ τὸν αὑτοῦ βίον τὸν ὀλίγον ἑώρα, ἀλλ' εἰς τὸν νῦν καὶ τὸν ἀεὶ[6], ἄχρις ἂν[7] ἑστήκῃ[8] ὁ πύργος καὶ μένῃ αὐτοῦ ἡ τέχνη.

LXIII

L'historien doit donc être véridique. On fera bien de suivre les conseils de Lucien ; sinon, il aura travaillé en vain.

Χρὴ τοίνυν καὶ τὴν ἱστορίαν οὕτω γράφεσθαι σὺν τῷ ἀληθεῖ μᾶλλον πρὸς τὴν μέλλουσαν ἐλπίδα ἤπερ σὺν κολακείᾳ πρὸς τὸ

1. Ἐποίησεν. Construction fréquente en grec. C'est comme s'il y avait : οἷον ἐποίησεν ὁ Κνίδιος ἐκεῖνος ἀρχιτέκτων.

2. Οἰκοδομήσας. Nouvel exemple d'anacoluthe. Le verbe n'est pas exprimé.

3. Ἐπὶ πολύ, au loin.

4. Ἐκφανησόμενον se rapporte à la phrase suivante.

5. Σώστρατος Δεξιφάνους. Comme on dit Ἀλέξανδρος Φιλίππου, sous-entendu υἱός.

6. Τὸν νῦν καὶ τὸν ἀεί, sous-entendu χρόνον.

7. ἄχρις ἄν, tant que.

8. Ἑστήκῃ. Ne pas oublier la signification du verbe ἵστημι à l'aoriste second, au parfait et au plus-que-parfait.

ἡδὺ τοῖς νῦν ἐπαινουμένοις. Οὗτός σοι κανὼν καὶ στάθμη ἱστορίας δικαίας. Καὶ εἰ μὲν σταθμήσονταί τινες αὐτῇ, εὖ ἂν ἔχοι [1], καὶ εἰς δέον [2] ἡμῖν γέγραπται· εἰ δὲ μή, κεκύλισται ὁ πίθος ἐν Κρανείῳ [3].

1. Εὖ ἂν ἔχοι. La particule ἄν donne souvent au verbe le sens du futur.

2. Εἰς δέον, utilement.

3. Ἐν Κρανείῳ. Voir au chapitre III.

FIN

TABLE DES NOMS PROPRES

1. Ἀβδηρίταις. Les Abdéritains, habitants d'Abdère, ville de Thrace, passaient pour être sots. De là cette plaisanterie de Lucien.

2. Λυσιμάχου. Lysimaque, un des généraux d'Alexandre, eut la Thrace en partage après la bataille d'Ipsus (301 après J.-Ch.)

3. Φίλων. Personnage inconnu ; le même peut-être que celui auquel Lucien a dédié son dialogue intitulé *le Banquet*.

4. Εὐριπίδου. Un des trois grands poètes tragiques de la Grèce, Eschyle, Sophocle, Euripide (480-407). Il reste de lui 18 tragédies complètes, de nombreux fragments d'autres tragédies perdues, et un drame satirique.

5. Ἀνδρομέδαν. Tragédie d'Euripide dont il ne reste que quelques fragments. Andromède, sur le point d'être la proie d'un monstre marin suscité par Neptune, fut sauvée par Persée, monté sur Pégase. Fille de Céphée, l'un des Argonautes, elle fut épousée par son libérateur.

6. Περσέως. Persée, fils de Jupiter et de Danaé, coupa la tête de Méduse, l'une des trois Gorgones, et s'en servit pour pétrifier Atlas, roi de Mauritanie.

7. Ἔρως. Par ce mot, les anciens Grecs entendirent d'abord la force puissante qui anime tout d'un amour mutuel, puis le dieu de l'amour chanté par le poètes érotiques.

8. Ἀρχέλαος. Acteur tragique.

9. Μεδούση. Méduse. Ses cheveux furent changés en serpents par Minerve, à qui elle voulut le disputer en beauté. Sa tête pétrifiait quiconque la regardait. Persée la coupa en la regardant, non pas en face, mais dans un miroir. Du sang de Méduse naquit Pégase, cheval ailé, symbole de l'inspiration poétique.

10. Βαρβάρους. Par les barbares il faut entendre ici les Parthes qui vainquirent les Romains en Arménie, sous le règne de Marc-Aurèle (162, ap. J.-C.). Ils habitaient la Parthiène, au sud-est de la mer Caspienne.

11. Ἀρμενίᾳ. Contrée de l'Asie occidentale, bornée par le Caucase, la mer Caspienne, la Mésopotamie et l'Euphrate.

12. Θουκυδίδαι. Thucydide, grand historien grec, auteur de la *Guerre du Péloponnèse*.

13. Ἡρόδοτοι. Hérodote a été le premier historien connu en Grèce. Il a écrit l'histoire des Guerres médiques, et mérité le titre de Père de l'histoire.

14. Ξενοφῶντες. Après avoir dirigé la retraite des dix mille, Xénophon en a écrit l'histoire; c'est l'*Anabase*. Elève de Socrate, il a composé encore plusieurs autres ouvrages.

15. Σινωπέος. Le philosophe de Sinope, Diogène, le fameux philosophe cynique.

16. Φίλιππος. Roi de Macédoine, père d'Alexandre le Grand.

17. Κορίνθιοι. Les habitants de Corinthe, ville située sur l'isthme de ce nom, prise par le romain Mummius (148 av. J.-Ch.).

18. Κρανείου. Le Cranée, gymnase de Corinthe où demeurait Diogène.

19. Κελτοῖς. Les Celtes, après avoir couvert l'Europe centrale et occidentale, furent refoulés dans la Gaule et la Grande-Bretagne, en laissant toutefois derrière eux différentes peuplades.

20. Γέτας. Les Gètes étaient établis sur la rive droite du Danube.

21. Ἰνδοῖς. L'Inde, vaste empire au sud de l'Asie.

22. Βακτρίους. La Bactriane, partie de la Haute Asie, aujourd'hui comprise dans l'Afghanistan.

23. Μουσῶν. Les Muses étaient au nombre de neuf : Clio qui présidait à l'histoire; Euterpe, à la musique; Thalie, à la comédie; Melpomène, à la tragédie; Terpsichore, à la danse; Erato, à la poésie légère; Polymnie, à l'ode; Uranie, aux sciences; Calliope, à la poésie épique.

24. Ζεύς. Jupiter, le roi des dieux.

25. Ἀγάμέμνονα. Agamemnon, chef des Grecs au siège de Troie, tué par sa femme Clytemnestre.

26. Ποσειδῶνι. Neptune, frère de Jupiter et roi de la mer.

27. Ἄρει. Mars, dieu de la guerre.

28. Ἀτρέως. Atrée, roi d'Argos et de Mycènes, fils de Pélops, aïeul de Ménélas et d'Agamemnon (les Atrides).

29. Ἀερόπης. Erope, femme d'Atrée.

30. Ἡρακλέους. Fameux héros grec connu par ses douze travaux. Ses descendants sont désignés sous le nom d'Héraclides.

31. Νικόστρατον. Nicostrate, fils d'Isidotus, fameux athlète qui, 40 ans après J.-Ch., remporta le même jour le prix de la lutte et celui du pancrace.

32. Ἀλκαῖος. Alcée, athlète dont on ne connaît que le nom.

33. Μιλήσιος. Milet, ville de l'Asie-Mineure, sur la Méditerranée. C'est à Milet qu'Aristagoras, son gouverneur, en soulevant l'Ionie contre Darius, provoqua les guerres Médiques.

34. Ἄργου. Argus, personnage mythologique qui avait, répandus sur toutes les parties de son corps, 100 yeux dont 50 étaient toujours ouverts.

35. Λυδία. La Lydie, royaume à l'ouest de l'Asie Mineure, avec Sardes pour capitale. Le fameux Crésus était un roi de Lydie.

36. Ὀμφάλη. Omphale, reine de Lydie, acheta Hercule, que Mercure vendait en punition des meurtres qu'il avait commis, et le condamna à filer à ses pieds. Suivant une autre tradition, Hercule serait devenu volontairement l'esclave d'Omphale.

37. Ἀριστοβούλου. Historien de mérite, malgré l'anecdote rapportée par Lucien. Quelques historiens anciens en parlent avec éloge.

38. Ἀλεξάνδρου. Alexandre le Grand, roi de Macédoine.

39. Πώρου. Porus, roi de l'Inde, fameux par sa fière réponse à Alexandre qui l'avait vaincu en 327 av. J.-Ch.

40. Ὑδάσπει. L'Hydaspe, fleuve de l'Inde.

41. Ἄθω. A l'extrémité S.-E. de la presqu'île de Chalcidique s'élève le mont Athos que Xerxès pendant les guerres Médiques fit séparer du continent pour donner passage à sa flotte. L'architecte, dont il est ici question, s'appelait Dinocrate. Ce serait le même qui, d'après Strabon, aurait tracé le plan de la ville d'Alexandrie.

42. Ἰωνία. Province de l'Asie Mineure, sur les bords de la mer Égée.

43. Ἀχαΐα. Petite contrée de l'ancienne Grèce, sur la côte sud du golfe de Corinthe. Après la conquête romaine (146 av. J.-Ch.), le nom d'Achaïe s'appliqua à toute la Grèce.

44. Χαρίτων. Il y avait trois Grâces : Aglaé, Euphrosyne et Thalie. Le serment par les Grâces était très fréquent chez les Grecs.

45. Ἀχιλλεῖ. Achille, le plus vaillant des Grecs venus au siège de Troie.

47. Ἄρχοντα. Ce général était Lucius Vérus ; adopté d'abord par Adrien, puis par Antonin, il devint gendre de Marc-Aurèle. Envoyé en Orient contre les Parthes, il laissa la conduite de la guerre à Avidius Cassius.

48. Θερσίτῃ. Le plus laid et le plus lâche des Grecs pendant le siège de Troie était Thersite. Il fut tué d'un coup de poing par Achille. Voir son portrait au IIe livre de l'*Iliade*.

49. Περσῶν. Les Parthes.

50. Ἕκτορα. Hector, le plus brave des Troyens, après avoir tué Patrocle, fut tué lui-même par Achille.

51. Ὁμήρου. Homère, l'auteur de l'*Iliade* et de l'*Odyssée*.

52. Οὐολόγεσος. Vologèse III, roi des Parthes, avait envahi l'Arménie et massacré les garnisons romaines sous le règne paisible d'Antonin, mais il fut battu par les généraux de Marc-Aurèle.

53. Ἀττικοῦ. Province de la Grèce dont Athènes était la capitale.

54. Κρεπερέιος Καλπουρνιανός. Historien grec cité par Vossius.

55. Πομπηϊουπολίτης. Citoyen de Pompéiopolis. Il y avait deux villes de ce nom, l'une en Cilicie, l'autre en Paphlagonie. On croit qu'il s'agit ici de la seconde.

56. Κερκυραῖον. De Corcyre. L'une des îles Ioniennes, aujourd'hui Corfou.

57. Νισιβηνοῖς. Habitants de Nisibis, ville de Mésopotamie, sur le Mygdonius, affluent de l'Euphrate. On l'appelait encore Antioche de Mygdonie. C'est aujourd'hui Nézib.

58. Πελασγικοῦ. Le Pélasgique était un quartier d'Athènes, au pied de l'Acropole, inhabité d'abord par scrupule religieux, puis assigné aux pestiférés.

59. Τῶν τειχῶν τῶν μακρῶν. Les longs murs reliaient le Pirée, port d'Athènes, à la ville qui en était éloignée de 8 kilomètres. Ils avaient été construits par Thémistocle et Périclès. On en voit encore aujourd'hui les restes.

60. Αἰθιοπίας. Royaume au sud de l'Égypte.

61. Αἴγυπτον. L'Égypte, au N.-E. de l'Afrique sur la Méditerranée.

62. Ἀσκληπιός. Esculape, fils d'Apollon, avait appris, suivant la fable, du centaure Chiron l'art de guérir.

63. Ἀπόλλων Μουσηγέτης. Apollon président du chœur des Muses (μοῦσα, ἡγέομαι). On sait qu'Apollon était le Dieu de la poésie.

64. Ἰάδι. Le dialecte ionien, un des principaux dialectes de la Grèce avec le dorien, l'attique et l'éolien. C'est en dialecte ionien qu'ont écrit Homère et Hérodote.

65. Ὀσρόης. Osroès, ou Chosroès, nommé roi d'Arménie par Vologèse. Ὀξυρόης est une assez mauvaise plaisanterie prêtée aux Grecs par Lucien (ὀξύς, ῥέω, qui coule violemment, torrent furieux).

66. Ἀλεξίκακος. Le dieu qui détourne les malheurs, le dieu tutélaire appelé Averruncus chez les Romains.

67. Κασπιακήν. Κελτικόν. La mer Caspienne, sur les confins de l'Europe, séparée de la mer Noire par l'isthme du Caucase. Région regardée comme très froide par les anciens, ainsi que la Gaule, qui paraît l'avoir été autrefois plus qu'aujourd'hui.

68. Τίγρητα. Le Tigre, fleuve de la Turquie d'Asie, après un cours de 1,250 kilomètres, se joint à l'Euphrate, avant de se jeter dans le golfe Persique sous le nom de Chat-el-Arab.

69. Πρίσκου. Priscus, un des généraux romains qui prirent part à la guerre contre les Parthes.

70. Εὐρώπῳ. Europe, ville de Syrie, sur les bords de l'Euphrate.

71. Κρόνιον, diminutif de Κρόνος. Saturne.

72. Φρόντιν. On ne sait s'il s'agit de Frouton, le précepteur de Marc-Aurèle.

73. Τιτιανόν. Personnage inconnu.

74. Σεβηριανοῦ. L'armée romaine, envoyée contre les Parthes, était commandée par le Gaulois Sévérien, dont les échecs furent bientôt vengés par ses successeurs.

75. Ἔδεσσα. Edesse, ville de la Mésopotamie septentrionale, aujourd'hui Orfa.

76. Τιτᾶνος. Un Titan. Les Titans, révoltés contre Saturne, furent frappés de la foudre par Jupiter et précipités dans le Tartare. Comme on le voit par ce passage, on les confond souvent aves les Géants.

77. Τοῦ 'Ροδίων Κολοσσοῦ. Le colosse de Rhodes, statue d'Apollon en bronze, élevée en pleine terre en face de l'entrée du port, était l'une des sept merveilles du monde. Haut d'environ 32 mètres, il coûta 12 ans de travail et 1 600 000 francs de notre monnaie. Il avait été construit vers 280 av. J.-Ch., et fut détruit 56 ans après par un tremblement de terre. Ses débris chargèrent 900 chameaux.

78. Δαρείου καὶ Παρυσάτιδος. C'était Darius Nothus, roi de Perse (423-404); il épousa la cruelle Parysatis, dont il eut Artaxercès II, Amestris et Cyrus le jeune.

79. Σύρῳ. Un Syrien, habitant de la Syrie, ancien royaume d'Asie.

80. Εὔρωπος. Voir plus haut, note 70.

81. Μεσοποταμία. Contrée de l'Asie ancienne, ainsi nommée de sa situation entre l'Euphrate à l'ouest et le Tigre à l'est.

82. Ἐδεσσαῖοι. Voir plus haut la note 76.

83. Σαμόσατα. Samosate, ancienne ville de Syrie, était la capitale de la Comagène, sur l'Euphrate. C'est aujourd'hui Samisat.

84. Περικλέους. Périclès, né en 494 av. J.-Ch. à Athènes, mérita par ses talents d'orateur, de guerrier, d'administrateur, par les gloires de toutes sortes qui illustrèrent alors sa patrie, de donner son nom à l'un des quatre grands siècles de l'histoire. Il mourut de la peste cinq ans avant le commencement de la guerre du Péloponnèse qu'il avait provoquée.

85. Αἰάντειον. Ajax est le titre d'une des 7 tragédies qui nous restent de Sophocle.

86. Ἐνυάλιον. Mars, dieu de la guerre, nommé aussi Ἄρης. Voir plus haut, note 27.

87. Διὸς τοῦ ἐν Ὀλυμπίᾳ. La statue de Jupiter à Olympie était le

chef-d'œuvre de Phidias. Tout entière d'or et d'ivoire, si belle qu'on disait qu'elle avait ajouté à la religion des peuples, on l'avait mise au nombre des sept merveilles du monde. Le dieu, quoique assis, avait onze mètres de hauteur.

88. Μαῦρος. Un Maure, habitant de la Mauritanie, ancienne contrée de l'Afrique septentrionale; elle forme aujourd'hui l'empire du Maroc et une partie de l'Algérie.

89. Καισαρείᾳ. Césarée, capitale de la Mauritanie césarienne, aujourd'hui Cherchell, dans la province d'Alger.

90. Κορίνθου. Voir la note 17.

91. Κεγχρεῶν. Cenchrées, port sur l'isthme de Corinthe, du côté du golfe Saronique, à une douzaine de kilomètres de la ville.

92. Συρίαν. Voir note 80.

93. Ἀρμενίαν. Voir note 11.

94. Περσίδι. La Perse, vaste empire de l'Asie Occidentale, fut conquise sur Darius par Alexandre-le-Grand.

95. Ἰβηρίαν. L'Ibérie était une contrée de l'Asie, dans la région du Caucase. C'est la Géorgie actuelle.

96. Σοῦραν. Ville de la Babylonie, sur l'Euphrate.

97. Κρανείου. Voir la note 18.

98. Λέρναν. Lerne, fontaine voisine de Corinthe qu'il ne faut pas confondre avec le marais du même nom, en Argolide, où Hercule tua l'Hydre.

99. Ἀρμενίᾳ, — Συρίᾳ, — Μεσοποταμίᾳ, — Τίγρητι, — Μηδίᾳ. Voir plus haut tous ces mots.

100. Ἀντιοχιανοῦ. Historien inconnu.

101. Οὐολογέσου. Voir la note 52.

102. Ὀσρόου. Voir la note 66.

103. Ἰνδοῖς. Voir la note 21.

104. Τῆς ἔξω θαλάσσης. La mer extérieure, c'est-à-dire l'Océan indien, par opposition à la mer intérieure ou Méditerranée.

105. Κελτοὶ. Μαύρων. Voir plus haut.

106. Κασσίῳ. Avidius Cassius, lieutenant de Marc-Aurèle. Voir note 47.

107. Μουζούριδος. Muzuris, ville marchande de l'Inde.

108. Ὀξυδρακῶν. Les Oxydraques, peuple de l'Inde, dans la ville desquels Alexandre fut grièvement blessé.

109. Ἀτθίδος. Il y avait sous ce titre à la louange de l'Attique plusieurs poèmes. L'un d'eux avait pour auteur Philochoros, écrivain estimé de son temps, qui vivait sous Ptolémée Philopator.

110. Σαγαλασσέως. De Sagalasse, ville de Pisidie, en Asie Mineure, brûlée par Alexandre le-Grand.

111. Μῶμος. Momus, dieu de la raillerie et des bons mots. On le représente un masque et une marotte à la main.

112. Κόνωνος. Conon, célèbre général d'Athènes, fut un des dix généraux battus à Ægos-Potamos dans la guerre du Péloponnèse; mais il vainquit Pisandre à Cnide, reconquit les Cyclades, et releva les murs d'Athènes avec l'or des Perses.

113. Τίτορμον, Titorme, berger d'une taille énorme dont la force était prodigieuse. Voir les *histoires diverses* d'Elien.

114. Λεωτροφίδου. Ce Léotrophide était un mauvais poète athénien d'une maigreur proverbiale. Aristophane s'en moque dans sa comédie *les Oiseaux*.

115. Μίλωνα. Milon de Crotone, renommé pour sa force extraordinaire, ses victoires dans les jeux de la Grèce, et sa mort singulière.

116. Ἴκκος, Ἡρόδικος, Θέων. Célèbres maîtres de gymnastique. Platon a parlé des deux premiers dans ses dialogues.

117. Περδίκκαν. On ne sait quel était ce Perdiccas, qui paraît avoir été très connu au temps de Lucien.

118. Θεαγένει τῷ Θασίῳ. Théagène de Thasos (île de la mer Egée) était un vainqueur aux jeux Olympiques, qui vivait dans le 5e siècle avant J.-Ch.

119. Πολυδάμαντι τῷ Σκοτουσσαίῳ. Polydamas de Scotusse, ville de Thessalie, avait également remporté la victoire aux jeux Olympiques, dans le 4e siècle av. J.-Ch.

120. Ἀστέρος τοῦ Ἀμφιπολίτου. Aster d'Amphipolis était un adroit archer qui creva un œil à Philippe, le roi de Macédoine, père d'Alexandre, après avoir écrit ces mots sur la flèche : A l'œil droit de Philippe.

121. Ὀλύνθῳ. Olynthe était une ville de Macédoine, dans la presqu'île de Chalcidique. Mais c'est à Méthone que Philippe eut l'œil crevé par Aster.

122. Κλείτου. Clitus, tué dans un banquet par Alexandre, auquel il avait sauvé la vie au passage du Granique.

123. Κλέων. Corroyeur de profession, il fut un moment maître du peuple Athénien après la mort de Périclès, et fut vaincu et tué à Amphipolis (422 av. J.-Ch.). Aristophane l'a bafoué dans ses *Chevaliers*.

124. Σικελίᾳ. L'île de Sicile, dans laquelle, pendant la guerre du Péloponnèse, les Athéniens firent une expédition désastreuse.

125. Δημοσθένους. Il s'agit ici du général Athénien Démosthènes qui, pendant cette expédition de Sicile, perdit sa flotte dans le port de Syracuse, tomba au pouvoir du Spartiate Gylippe, et fut mis à mort (413 av. J.-Ch.).

126. Νικίου. Nicias, autre général athénien qui partagea le sort de son collègue Démosthènes.

127. Ἐπιπολαῖς. Les Epipoles étaient celui des cinq quartiers de Syracuse où se trouvait la citadelle, à l'Ouest de la ville.

128. Ἑρμοκράτους. Hermocrate, de Syracuse, contribua au désastre des Athéniens, ce qui ne l'empêcha pas d'être exilé par ses concitoyens. Il essaya de rentrer dans la ville de vive force, et périt dans cette tentative (407). Denys l'ancien avait épousé sa fille.

129. Γύλιππον. Gylippe, général lacédémonien, vainqueur de Démosthènes et de Nicias. Après la prise d'Athènes (404), il fut accusé d'avoir dérobé 300 talents, et condamné à l'exil.

130. Λιθοτομίας. Les latomies (de λίθος, λαᾶς, pierre, et τέμνω, couper), étaient les carrières de Syracuse, à peu près au centre de la ville. Il y en avait trois, très profondes et très vastes, qui servaient de prisons. C'est là que furent jetés les Athéniens vaincus.

131. Ἀλκιβιάδου. C'est sur les conseils d'Alcibiade que les Athéniens avaient entrepris l'expédition de Sicile.

132. Κλωθώ. Les trois Parques, suivant la mythologie, étaient Clotho, Lachésis et Atropos. Clotho (κλώθω) filait; Lachésis (λαγχάνω) mesurait le fil; Atropos (α privatif et τρέπω, qui ne se laisse pas fléchir) le coupait.

133. Ἀρταξέρξην. Artaxercès II Mnémon, roi de Perse (404-362), vainquit Cyrus à Cunaxa (401), lutta contre le Lacédémonien Agésilas, et imposa aux Grecs le traité d'Antalcidas, revanche du traité de Cimon.

134. Ἰατρος. Ce médecin était Ctésias, de Cnide, auteur d'une *Histoire de Perse* qu'il avait remplie de fables pour flatter son maître.

135. Νισαίων. Le pays des Niséens, au sud de la mer Caspienne, dans la Parthiène, produisait des chevaux admirables, réservés pour le roi de Perse.

136. Ὀνησίκριτε. Historien grec, d'Egine, disciple de Diogène, suivit Alexandre en Asie comme chef des trirèmes, et composa, sur le plan de la Cyropédie de Xénophon, une histoire aujourd'hui perdue de cette expéditition, où la vérité était mêlée à des fables absurdes.

137. Θρηκῶν. Les Thraces habitaient un pays dont les bornes ont beaucoup varié suivant les époques; d'une façon générale, c'était à peu près la Turquie d'Europe actuelle.

138. Μυσῶν. Les Mysiens habitaient une contrée de l'Asie-Mineure, vers le nord-ouest.

139. Περσῶν. Les Parthes.

140. Βρασίδας. Célèbre général spartiate qui se distingua dans plusieurs guerres, notamment au siège de Pylos, où il fut défait et blessé. En l'honneur de son courage, on célébrait près de sa tombe

des fêtes appelées Brasidées, où les citoyens seuls de Lacédémone avaient le droit de paraître.

141. Δημοσθένης. Le même que plus haut, note 125.

142. Ἀρμενίας, Μηδίαν, Ἰβηρίαν, Ἰταλίαν, voir plus haut.

143. Φειδίᾳ. Phidias, célèbre sculpteur athénien du temps de Périclès, fameux par plusieurs statues magnifiques, parmi lesquelles on remarque celle de Minerve, et celle surtout de Jupiter Olympien, (voir note 87).

144. Πραξιτέλει. Le plus célèbre sculpteur grec après Phidias, Praxitèle, s'est illustré par de nombreuses et admirables statues, dont il ne reste plus que des copies.

145. Ἀλκαμένει. Sculpteur moins connu, élève de Phidias, cité cependant dans plusieurs auteurs grecs.

146. Ἠλείων. Les Eléens habitaient une contrée du Péloponnèse, dans laquelle se trouvait la ville d'Olympie.

147. Ἀργείων. Province du Péloponnèse, au N.-Est.

148. Τάνταλον. En punition de ses crimes, Tantale fut plongé dans le Tartare, où il était condamné, suivant la fable, à souffrir la faim et la soif, sans pouvoir atteindre l'eau et les fruits qui se trouvaient à sa portée.

149. Ἰξίονα. Dans les enfers, Ixion était enchaîné par des serpents sur une roue toujours en mouvement.

150. Τιτυόν. Les entrailles de Tityе, toujours renaissantes, étaient dévorées par un vautour.

151. Παρθένιος. Parthénus de Nicée, auteur d'un petit roman que nous avons encore, était contemporain de Mithridate.

152. Εὐφορίων. Euphorion de Chalcis avait composé plusieurs poèmes épiques aujourd'hui perdus. Il vivait à la cour d'Antiochus le Grand.

153. Καλλίμαχος. Callimaque de Cyrène, poète estimable, fut en faveur auprès de Ptolémée Philadelphe.

154. Ἐπιπολῶν. Voir la note 128.

155. Συρακουσίων λιμένα. Ville importante et port sur la côte Est de la Sicile.

156. Θεοπόμπῳ. Théopompe, de Chio, disciple du rhéteur Isocrate, était un historien fameux dans l'antiquité. Il avait continué dans les *Helléniques* l'histoire de Thucydide, et raconté, dans les *Philippiques*, les événements de son temps. Il avait fait aussi un abrégé d'Hérodote. Il n'en reste plus que des fragments.

157. Κνίδιον. Ville de l'Asie-Mineure, dans la Doride. Elle avait un temple de Vénus, avec la statue de cette déesse par Praxitèle.

158. Φάρῳ. L'île de Pharos en Egypte donna son nom au premier phare qui y fut construit en 285 av. J.-Ch. par Sostrate. Ce phare

qui avait coûté 4.173,334 fr. de notre monnaie, s'écroula en 1303. C'était une des sept merveilles du monde.

159. Παραιτονίαν. Ville appartenant à l'Egypte, à côté de laquelle il y avait des bancs de sables très dangereux.

160. Σώστρατος Δεξιφάνους Κνίδιος. Sostrate, fils de Dexiphane, fut l'architecte du phare d'Alexandrie.

161. Κρανείω. Voir note 18.

FIN DE LA TABLE DES NOMS PROPRES.

Paris. — Imp. E. Capiomont et V. Renault, rue des Poitevins, 6.

DICTIONNAIRE USUEL DE TOUS LES VERBES FRANÇAIS tant réguliers qu'irréguliers; par MM. BESCHERELLE frères. 3e édition. 2 forts volumes in-8 à 2 colonnes. . . . . 12 fr.

DICTIONNAIRE ANGLAIS-FRANÇAIS ET FRANÇAIS-ANGLAIS. Composé sur un nouveau plan d'après les travaux d'Ogilvie, de Worcester, de Webster, de Johnson, de Cooley, de Bescherelle, etc., et les ouvrages spéciaux les plus récents, par E.-C. CLIFTON et ADRIEN GRIMAUX. Contenant tous les mots de la langue usuelle; les termes des sciences, des arts et métiers, du commerce; la *prononciation* figurée. 1 fort vol. divisé en 2 parties, grand in-8 jésus de 2,000 pages à 3 colonnes. 10 fr.

GRAND DICTIONNAIRE ITALIEN-FRANÇAIS ET FRANÇAIS-ITALIEN. Avec la prononciation dans les deux langues, rédigé d'après les ouvrages et les travaux les plus récents. 2 forts vol. gr. in-8 jésus à 3 colonnes, réunis en 1 vol. de 1,600 pages, 20 fr.; relié. . . . . 25 fr.

GRAND DICTIONNAIRE ESPAGNOL-FRANÇAIS ET FRANÇAIS-ESPAGNOL. Avec la prononciation dans les deux langues, plus exact et plus complet que tous ceux qui ont paru jusqu'à ce jour, par D. VICENTE SALVA et P. NORIÉGA. 1 fort vol. grand in-8 jésus, 1,600 pages, à 3 colonnes, 18 fr.; relié. . . . . 22 fr.

NOUVEAU DICTIONNAIRE GREC-FRANÇAIS. Ouvrage rédigé d'après les plus récents travaux de philologie grecque, comprenant : 1° les mots de la langue grecque, depuis Homère jusqu'aux écrivains byzantins; 2° les noms propres de la langue grecque; 3° les formes irrégulières, poétiques ou propres aux dialectes; 4° des renvois aux mots simples et aux racines; et précédé d'une introduction à l'étude de la langue et de la littérature grecques. Par CHASSANG. 1 vol. gr. in-8 de 1,332 pages, relié en toile. . . . . 15 fr.

NUEVO DICCIONARIO INGLÉS-ESPAÑOL Y ESPAÑOL-INGLÉS, el mas completo de los publicados hasta el dia, par J.-M. LOPES, E.-R. BENSLEY y ostros literatos ingleses y espanoles; edicion con la pronunciacion exacta en ambas lenguas sustituida a la fonética que llevan las anteriores. 1 vol. in-8 jésus. Con lomo tafilete y planos de tela, 18 fr.; relié. . . . . 23 fr.

NOUVEAU DICTIONNAIRE DE GÉOGRAPHIE rédigé d'après le *Dictionnaire encyclopédique d'histoire et de géographie,* par L. GRÉGOIRE, professeur d'histoire et de géographie au lycée Fontanes. 1 fort vol. grand in-32, relié . . . . . 5 fr.

LA TENUE DES LIVRES en partie simple et en partie double, mise à la portée de toutes les intelligences pour être apprise sans maître : comptabilité des commerçants, Banquiers, Industriels, Propriétaires, Entrepreneurs, Agents de change, Courtiers, Agriculteurs, des Sociétés en commandite et par actions, etc., offrant un cours complet de contentieux commercial. Adopté par le Tribunal de Commerce de la Seine et l'École du Commerce, par LOUIS DEPLANQUE, expert près les Cours et Tribunaux, professeur de comptabilité générale. 1 fort vol. in-8 de 825 pages. . . . 7 fr. 50

NOUVEAU GUIDE DE LA CORRESPONDANCE COMMERCIALE. Contenant 515 lettres et circulaires, offres de services, entrée en relation, lettres d'introduction et de recommandation, lettres de crédit, prise d'informations, de renseignements, ordre de bourse, de fabriques, en entrepôts, demandes d'argent à des non-commerçants, remises, traites, lettres de change, opérations de change, affaires en participations, avaries, transactions, etc., par H. PAGE. 1 vol. in-8 . . . . 6 fr.

MANUEL DU CAPITALISTE ou Comptes faits des intérêts à tous les taux, pour toutes sommes, de 1 jusqu'à 366 jours, ouvrage utile aux négociants, banquiers, commerçants de tous les états, trésoriers, receveurs généraux, comptables, employés des administrations de finances et de commerce et à tous les particuliers, par BONNET. Nouvelle édit., augmentée d'une notice sur l'intérêt, l'escompte, etc., par M. JOSEPH GARNIER, professeur à l'Ecole supérieure du Commerce et à l'Ecole des ponts et chaussées; revue, pour les calculs, par M. X. RYMKIEWICZ, calculateur au Crédit foncier. 1 vol. in-8 . . . . 6 fr.

BARÊME UNIVERSEL, CALCULATEUR DU NÉGOCIANT. Comptes faits des prix par pièces, mesures, nombres, kilogrammes, salaires payés à l'heure, au jour et au mois, tableaux relatifs aux poids, mesures et monnaies, etc., par P.-F. DONCKER, comptable, et HENRY (des Vosges), géomètre, comptable. 1 fort vol. in-8. . . . . 8 fr.

A LA MÊME LIBRAIRIE

CÉSAR. — **De bello gallico.** Edition d'après les meilleurs textes, avec : 1° des sommaires et des notes en français ; — 2° un index des noms propres et un index géographique ; — 3° dix cartes et plans, par M. LEGOUEZ, professeur au lycée Fontanes. 1 vol. in-18 jésus. cart . . . . . 2 fr.

OVIDE. — **Choix des Métamorphoses.** Texte revu, corrigé et annoté d'après les travaux les plus récents de la philologie et précédé d'une notice sur la vie du poëte et sur ses œuvres, par M. NAGEOTTE, agrégé de l'Université . . . . . 1 fr. 50

VIRGILE. — **Édition classique,** avec notes et sommaires en français, par M. HAUTOME . . . . . 2 fr. 25

QUINTE-CURCE. — Nouvelle édition, avec notes en français par M. TEXTE, professeur au lycée de Versailles. . . . . . 1 fr. 75

HÉRODOTE. — **Morceaux choisis.** Édition avec notes et renvois à la grammaire de M. Chassang, par le même. . . . . . 2 fr.

XÉNOPHON. — **Anabase, Helléniques, Agésilas.** Extraits, avec notes, par M. MONGINOT, professeur au lycée Fontanes. . . . . . 2 fr. 50

— **Cyropédie.** Mémoires sur Socrate, œuvres diverses, avec notes, par le même. 2 50

CICÉRON. — **Oratio in Verrem de signis,** avec sommaires, notes historiques et géographiques, par M. DUVAUX, professeur agrégé du lycée de Nancy . . . . . » 75

— **Oratio in Verrem de suppliciis,** par le même . . . . . » 75

SALLUSTE. — **Catilina et Jugurtha, cum selectis historiarum fragmentis et duabus epistolis ad Cæsarem.** Avec une notice historique sur Salluste, des sommaires, des notes et une étude sur la langue et le style de Salluste, par M. MARCOU, professeur au lycée Louis-le-Grand . . . . . 1 fr. 50

HOMÈRE. — **Iliade,** *Chant I*er, avec notes, par M. LEBRUN, professeur agrégé de l'Université . . . . . » 50

HORACE. — Édition classique avec notes, par M. MATERNE. . . . . . 2 fr.

TACITE. — **Vie d'Agricola,** avec notes et carte, par M. GANTRELLE. . . . . . 1 fr.

— **De situ ac populis Germaniæ liber,** avec notes et carte, par le même . » 75

— **Grammaire et style** de Tacite, par le même. . . . . . 1 fr.

BOSSUET. — **Oraisons funèbres,** avec notes historiques et philologiques, par M. DE MONTIGNY, inspecteur d'Académie à Douai . . . . . 1 fr. 60

DÉMOSTHÈNE. — **Olynthiennes,** avec introduction, notes et carte, par M. HUMBERT, 1 volume in-18 jésus. . . . . . 1 fr. 25

SOPHOCLE. — **Philoctète,** avec notes par le même. . . . . . 1 fr.

GRÉGOIRE. — *Classe de troisième :* Géographie physique, politique et économique de l'Europe (moins la France). 2e édit. . . . . . 2 fr. 50

— *Classe de seconde :* Géographie physique, politique et économique de l'Asie, de l'Afrique, de l'Amérique et de l'Océanie. 2e édit. . . . . . 2 fr. 50

— *Classe de rhétorique :* Géographie physique, politique et économique de la France et de ses colonies. 4e édit. . . . . . 2 fr. 50

OUVRAGES GRECS PRESCRITS POUR L'EXAMEN DU BACCALAURÉAT ÈS-LETTRES

EURIPIDE. — **Iphigénie à Aulis.** Édition avec notes par M. VOISIN, professeur agrégé de l'Université . . . . .

HOMÈRE. — **Iliade,** *Chant X,* avec notes, par M. LEGOUEZ. . . . . .

DENYS D'HALICARNASSE. — **Lettres à Ammæus,** avec introduction et notes, par M. LEGOUEZ, professeur au lycée Fontanes. . . . . .

PLUTARQUE. — **Vie de Démosthène,** avec notes philologiques, historiques et géographiques, par M. DELAÎTRE, professeur agrégé de l'Université . . . . . 1 fr.

ARISTOTE. — **Poétique.** Texte et traduction juxta-linéaire, par M. JODIN, professeur agrégé de l'Université . . . . .

XÉNOPHON. — **Les économiques,** chap. I à XI. Edition avec notes philologiques et historiques, par M. JOUENNE, professeur agrégé de l'Université. . . . . .

DÉMOSTHÈNE. — **Première Philippique,** avec notes, par M. HUMBERT. . . . .

PLATON. — **Le Criton,** avec notes, par M. MARCOU. . . . . .

Paris. — Ty[illegible] n, 43.

www.ingramcontent.com/pod-product-compliance
Ingram Content Group UK Ltd.
Pitfield, Milton Keynes, MK11 3LW, UK
UKHW020315220726
13923UKWH00003B/1156